長編小説

人妻つまみ食い

橘 真児

竹書房文庫

目次

※この作品は竹書房文庫のために
書き下ろされたものです。

第一章　あなたのそばに

1

ホテルにチェックインをしたのは、午後九時を回ってからだった。シャワーを浴びて外に出れば、早十時近い。

（この時間だと、店もだいぶ閉まっていそうだな）

仲元康介（なかもとこうすけ）はやれやれとため息をついた。

初めての新潟の夜。美味（おい）しいものを食べようと、楽しみにしていたのだ。残念ながら、選択肢がかなり減ったのは間違いあるまい。

（もう飲み屋しか開いてないんじゃないかな）

あとはせいぜいラーメン屋ぐらいか。

実際、繁華街である古町通りを歩くと、シャッターの閉まった店が目についた。しかしながら、閉店時間を過ぎたからなのか、それとも、もともと営業していなかったのかはわからない。

近ごろはどこの商店街でも、空き店舗が増えていると聞く。ここらもけっこう寂れた感じがあるから、後者の可能性がありそうだ。

ともあれ、遅い夕食を食べるには、開いている店から選ぶしかない。

（酒が飲めればいいんだろうけどな）

地元の食材がふんだんにありそうな居酒屋なら、美味しいものが幾種類も愉しめるであろう。新潟なら、特に海の幸が豊富のようだし。

だが、康介はもともと、あまり飲まない。下戸でこそないものの、飲むよりも食べるほうが好きなのである。

大手機械メーカーの技術職である康介は、メンテナンスや機器の操作の指導などで出張が多い。今日も新潟の支社で、社内講習会の講師を務めたのである。その後、個別の相談事などあれこれ頼まれたものだから、すっかり遅くなってしまった。

何しろ、週の半分以上も自宅外で泊まる生活ゆえ、仕事のために旅をしているのか、旅そのものが仕事なのか、ときどきわからなくなる。ただ、気が紛れるという意味では、出張が多いのはむしろ幸いと言えた。

それはさておき、出張の愉しみは、何と言っても地方の美味しいものが食べられることにある。

康介は、特に食通というわけではない。高給取りでもないから、ごく庶民的なものしか口にしなかった。

だが、訪れた街で、その土地の名物を食べることに勝る喜びはない。彼にとって出張は、文字通り食べるためと言っても過言ではなかった。

本社に勤める康介の自宅は、東京にある。三鷹の賃貸マンションだ。

東京にいれば、だいたいのものは手に入る。食べ物も例外ではない。地方の有名店の支店だってあるし、それがなくてもお取り寄せが可能だ。

けれど、名産はその産地で食べるのが一番だと、康介は常々思っている。

地方で食べた美味しいものを自宅で取り寄せても、妙に味気ない。単に感動が薄れたからではない。本当に味が落ちるのである。

おそらく、その土地の雰囲気とか、空気とか、あるいは地元のひとびととのふれあいとか、様々な作用が働いて、名産品は美味しくなるのだ。それらが欠けたものは、ただの抜け殻に過ぎない。まさしく味気なくなってしまう。

だからこそ、美味しいものなら尚さら、その土地で食べなければならない。

康介は三十九歳である。技術職として長年頑張ってきた。その腕を認められ、あちこちから来てくれと頼まれるようになって、五年ほどになるだろうか。

いや、実はその前から、出張依頼はけっこうあったのである。ただ、今ほどには頻繁に出かけることはなかった。

なぜなら、そのころは独りではなかったから。

今は自由な身なので、何泊もしたり、出張先から次の出張先へ移動することも珍しくない。自宅を一週間以上留守にすることもあった。

とは言え、決して毎日をお気楽に過ごしているわけではない。

技術者としての責任感は、もちろんある。指導する立場となれば、間違った知識を伝えるわけにはいかない。メンテナンスでも、ほんのちょっとした調整ミスで、事故に繋がることだってあるのだ。

そのため、仕事には全身全霊をかけて取り組む。少しも気を抜くことがないから、終わったときにはぐったりするほどなのだ。

だからこそ、仕事のあとは好きに楽しみたい。疲れを癒やすためにも、それから、次へのエネルギーを確保するためにも。

康介が出張先で美味しいものを求めるのは、そのためである。また、唯一の道楽でもあった。

なのに、今日は求めていたものにありつけそうもない。

仕事のときは、とにかく少しも気を抜くことがない。先方の要望にもとことん応える。同じ土地に何度も訪れることはあっても、常に一期一会だと思っているから、疑問や質問を出されたら、相手が納得するまで教えるのだ。

今日は新潟支社の若手たちに最後まで付き合ったため、ここまで遅くなってしまった。何しろみんな熱心だったのだ。

『いや、実に有意義な講習会でした。これも仲元さんのおかげです。ウチの社員たちも刺激を受けて、これからますます頑張ってくれるでしょう。本当にありがとうございました』

担当の管理職が感激して、何度も礼を述べた。そこまで喜んでもらえると、頑張った甲斐がある。疲れも吹き飛ぶようであった。

しかし、それはあくまでも気持ち的なことだ。からだにはがっつりと疲労が溜まっていた。

（おれも、もう年かな……）

夜の古町は、時間が遅いこともあってもの寂しい。平日のためもあるだろう。

かつては新潟市一の歓楽街だったと聞いている。だが、足音が響くアーケード街は、康介には自らの衰えそのもののようにも感じられた。四十路前だから、まだ老いを感じるような年ではないのに。

ただ、出張が多いために、生活が不規則になりがちだ。その影響もあってか、無理が利かなくなっている気がする。

現に、さっきから腹がぐーぐー鳴っているほどに空腹なのだが、食欲はそれほどでもなかった。美味しいものを食べたくても、からだが気持ちに追いついていなかったのである。

おかげで、旨そうなラーメン屋を見かけても、鳩尾のあたりに酸っぱいものがこみ上げる始末。胃が脂っこいものを受け付けそうになかった。

（やっぱり疲れてるんだな）

今夜はあっさりしたものが食べたい。そうなると、ますます選択できる店が限られてくる。

酒飲みなら居酒屋に入り、刺身だのもずく酢だの、海の幸で一杯やるところではないか。それで胃が持ち直してきたら、寿司をつまむという手もある。

たまには飲むのもいいだろう。そうしようかなと思いかけたとき、脳裏に浮かんだ食べ物があった。

雑炊だった。

（ああ、あれならいくらでも食べられそうだな）

人参や大根や青菜などの刻んだ野菜と、米を出し汁で煮て、軽く塩味をつける。最後に卵を落として完成だ。梅干しや沢庵があれば、何杯も食べられた。

それは、出張で疲れて帰ったときに、妻がよく作ってくれたものであった。特に、彼女がいなくなる一年ぐらい前から。康介も三十路を過ぎて、そういうあっさりしたものが好きになっていたのである。

雑炊の湯気の向こうに、妻の笑顔がある。そんな光景を思い出し、康介はそっと左手を見つめた。

薬指に鈍く光る、銀色のリングを――。

妻の晶子が亡くなって、もう五年になる。交通事故だった。

彼女は幼なじみでもあった。幼稚園から一緒の腐れ縁だったのが、思春期になるとお互いを異性として意識するようになり、一時は関係がぎくしゃくした。

にもかかわらず、恋人同士になれたのは、互いを唯一無二の大切な存在だとわかっていたからだ。

康介が大学を卒業し、今の会社に就職した年に、ふたりは結婚した。付き合いが長かったために、新婚時代ですら甘い生活とは無縁だった。子供のころからと変わらぬ、気が置けない穏やかな日々を過ごした。

それが当たり前であり、尚かつ居心地がよかったのである。子供を作らなかったのも、長年続いたふたりの関係に、別の存在が入り込むことを無意識に恐れたためだったのかもしれない。

そんなふうだったから、晶子がこの世に存在しないことが、今だに信じられなくなることがある。

妻の亡骸を前にして、康介は泣かなかった。いや、泣けなかった。涙も出ないほど茫然となっていた。

おそらく、愛するひとを亡くしたというより、肉親を亡くした心境に近かったであろう。当たり前だった日常が失われ、どうすればいいのかわからなかったのだ。著しい虚脱状態に陥り、それこそ抜け殻のようになっていた。

康介が出張を増やしたのは、妻のいない部屋にひとりでいることに、耐えられないためもあった。

月日が流れ、今では晶子を思い出すことが減っている。しかし、忘れたわけではない。忘れるなんてできるはずがない。

通夜でも葬式でも泣かなかった康介が、危うく涙をこぼしそうになったことがある。出張へ向かう新幹線で何か読もうと、駅の本屋に立ち寄ったときに、たまたま目に入った本があった。

『そうか、もう君はいないのか』

それは著名な作家が、亡き妻との思い出を中心に綴った手記であった。

書名を目にするなり、康介の胸に熱いものがこみ上げた。彼自身の心境と、あまりに合致しすぎていたためだ。意識していなかった事実を突きつけられた気にもなり、身の震える心地がした。

――もう君はいないんだ。

康介が急いで本屋を出たのは、そこにいたらひと目もはばからず泣いてしまいそうだったからである。結局、何も買わずに新幹線に乗り込み、二時間近くをただボーッとして過ごした。

くだんの本は、後に買い求めた。けれど、自宅マンションに置きっ放しで、一行も読んでいない。身につまされることがたくさんありそうだし、おそらく最後まで読み切れないであろうから。

ただ、時おり書名を見て、ひとりうなずく。喪失感と、思い出にひたって。

こうして出張先でも、晶子の面影が蘇(よみがえ)ることがたまにある。しかし、感傷にひたり、悲しみにくれるわけではない。ああ、いないんだな、一緒にいられたらいいのになと、残念がるだけである。

それこそ、美味しいものだって彼女と食べたいのだ。

結婚指輪を今でもはめているのは、亡き妻への操(みさお)を立ててではない。当たり前だったことを、そのまま続けているに過ぎなかった。

この先、新たな出会いがあって、もしかしたら再婚もあり得るだろう。ずっとひとりでいようと決心しているわけではない。

そうなったときに妻のことを完全に忘れるのかと言えば、違うと断言できる。

新たな指輪をはめることになっても、一緒に暮らした事実は変わらない。それに、彼女は自分の中にちゃんといるのである。

やはり晶子は、妻以上に肉親みたいなものだったんだなと、康介は改めて思うのであった。

2

何を食べようかと、人通りのめっきり少なくなった通りを歩いていると、『そば』の文字が目に入る。純和風の店構えのそこは、「へぎそば」の店であった。

へぎそばは、海藻（かいそう）をつなぎにした蕎麦（そば）である。発祥は新潟県の魚沼地方だ。

康介は、東京でそれを食べたことがある。

へぎと呼ばれる木製の四角い器（うつわ）に、ひと口ずつに分けられた蕎麦が、渦（うず）を巻くようにして盛られている。それが整然と並んだ姿は、さながら青海波（せいがいは）のようだ。色もやや緑がかっており、発祥が新潟だけに日本海を象徴しているのかと、康介は初めて見たときに思ったものだ。

食べてみれば、ツルツルした喉ごしと、ほんのり感じられる海藻の風味がたまらない。いくらでも腹に入りそうだった。

康介はそのとき、会社の同僚と東京のへぎそば屋に入ったのだ。最初にふたりで三人前を注文したのに、あとで二人前を追加したほどであった。

今日は、せっかく新潟まで来たのである。やはり地元でへぎそばを食べたい。厳密に言えば、新潟市と魚沼地方は、下越と中越で離れているものの、そこは目をつぶることにする。少なくとも、東京で食べるよりは味わい深いのではないか。

(よし、ここにしよう)

入り口で確認すると、営業時間は十一時半までとなっている。これならゆっくり食べられるはずだ。

古風な趣の格子戸を、康介はからからと開けた。

「いらっしゃいませ」

威勢のいい声を耳にしながら、意外と広い店内をざっと見回す。カウンターとテーブル席があるのだが、すべて埋まっているようだ。

「おひとり様ですか?」

若い男の店員に声をかけられ、康介は遠慮がちに「ええ」とうなずいた。満員なので断られるのか、あるいは待つように言われるのかと構えていると、

「でしたら、お二階へどうぞ」

と案内される。確かに、入り口の脇に階段があった。

(ひとりなのに、いいのかな?)

恐縮しつつ靴を脱ぎ、階段を上がると、狭い廊下に面した障子戸が開けっ放しの座

敷があった。

　二十畳近くもあるのではないか。四、五人で使えそうな座卓が六つ並んでいた。これでお客が自分ひとりだけだったら、さすがに恐縮して店を出たかもしれない。しかし、幸いにも先客がいた。わずかひと組だけであったが。

　一番奥の席にいたのは、男女のカップルだ。こちらに背中を向けている男は髪が薄く、どう見ても年配の会社員ふうである。

　その向かいにいる女性は、間違いなく二十代だろう。メイクが濃く、目立つ色彩のスーツ姿からして、おそらく水商売ではないか。クラブの客とホステスという間柄に見えた。

　ただ、時間的にアフターには早いし、同伴には遅い。もっと訳ありの関係なのかもしれない。女性が奥側にいるのも、客とホステスにしては不自然な感じがした。

　康介はカップルから一番遠い、手前側の席に着いた。邪魔をしては悪いと思ったのだ。それでも何となく気になって、彼らに背中を向けるのではなく、見える側の位置に坐る。

　間もなく和服姿の、給仕の女性があがってきた。

「いらっしゃいませ」

声が小さいし、お茶とおしぼりを座卓に出す手つきも、どこか危なっかしい。ここで働いて日が浅いのであろう。

とは言え、若いわけではない。おそらく三十代の半ばではないか。

どことなく憂いを帯びた美貌は、仕事に慣れていない不安感に因るものなのか。ずっと専業主婦だったか、飲食店で働いた経験がないかのどちらかだろう。人妻であることは、左手の薬指にはめた指輪で明らかだ。

ただ、普段も和装が多いのか、着物はきちんと着こなしている。女らしいむっちりしたからだが、淑やかな色気を醸し出す。アップにしてまとめた髪型も、様になっていた。

胸元に名札がある。フルネームで「保苅佳代」と書かれてあった。

(佳代さんか……)

いかにも人妻っぽい名前だなと、勝手な感想を抱く。

彼女は和風のお品書きを差し出すと、

「ご注文が決まりましたら、そちらでお知らせください」

と、テーブルに置かれた呼び出しのボタンを示した。そのとき、

「すみません」

奥の席にいた女性に呼ばれ、佳代が「は、はい」と返事をする。急いで、というより焦った足取りで、そちらに向かった。

(ひょっとして、今日が初日なのかも)

背中を丸めた後ろ姿を見送ってから、康介はお品書きを開いた。

もちろん、蕎麦を食べるためにこの店へ入ったのである。しかし、わざわざ二階の座敷へあげてもらったのに、それだけでは悪い気がした。食べても二人前が精一杯であったから。

(……たまには飲んでもいいかな)

そう思ったのは、お品書きにずらりと並んだ日本酒に目を惹かれたからだ。ほとんどが地元のもののようである。

新潟と言えば米どころ。そして、旨い日本酒も多い。メニューが豊富なのも当然か。

普段は飲んでもビールぐらいであるが、せっかく名酒が豊富な地へ訪れたのだ。味わっても罰は当たるまい。いや、むしろ飲むべきだ。

また、蕎麦屋だけあって、酒の肴も和風である。これなら胃ももたれまい。

奥のテーブルで注文を受けた佳代が座敷を出るところを、康介は「お願いします」と呼び止めた。

「はい。お決まりですか？」

「ええと、八海山の純米吟醸をお願いします」

とりあえず有名な銘柄を選んだところ、

「冷やとお燗、どちらになさいますか？」

と訊ねられる。

「どちらが美味しいですか？」

「そうですね、ぬる燗でしょうか」

「では、それで。あと、きんぴらと、ホタルイカの酢味噌和えをお願いします」

「かしこまりました」

人妻給仕が下がると、康介はお茶をひと口すすった。それから、ふと疑問に思う。

(佳代さん、お酒のことは詳しいのかな？)

いかにも新人っぽかったのに、注文した酒の飲み方については、案外迷いなくお勧めを口にした。前もって憶えたというより、もともと知っていたふうである。

案外呑兵衛なのか、それとも夫が酒好きなのか。などと、初対面の女性のことを推察する。そのとき、

「やぁ、うふふ」

いきなりなまめかしい笑い声が聞こえてドキッとする。奥の席の、水商売っぽい女性だ。男のほうが卑猥なジョークでも言ったのか。

そのとき、座卓の下に、彼女の下半身が見えることに気がつく。

ボトムは太腿がほとんどまる出しのミニスカートだ。今は膝から下を横に流して坐っているが、それ以上脚を崩したら下着がまる見えになるだろう。

正面の男には、女性の腰から下は座卓の陰になって見えまい。康介は斜め側にいるから、むっちりした大腿部を拝むことができたのだ。

（けっこうエロいな……）

思わず目を凝らしそうになったところへ、日本酒が運ばれてくる。

「お待たせいたしました。八海山の純米吟醸、ぬる燗です。こちらはお通しになります」

一合徳利は、首から下が丸くふくらんだかたちだ。盃はぐい呑み。どちらも渋い色合いで情緒がある。お通しのわさび漬けも、日本酒に合いそうだ。

「ごゆっくりどうぞ」

佳代が下がると、手酌でぐい呑みに注ぎ、ぬる燗のお酒をすするように飲む。

（……うん、旨い）

日本酒はほとんど飲まないのに、思わず笑みがこぼれる。芳醇な香りが鼻に抜け、コクのある甘みが口内に広がったのだ。

(ふうん。日本酒もいいものだな)

名酒ゆえ味わい深いのに加えて、お燗の加減が絶妙なのもあるだろう。加えて出張先——旅先で飲んでいるためもあるのではないか。

わさび漬けを箸で少量摘まみ、口に入れる。酒粕の酸味のある甘みに、わさびのピリッとした刺激がマッチして、これもなかなかだ。続けてぐい呑みを傾ければ、和のお酒に実によく合う。

思いのほか酒が進み、気がつけば徳利が軽くなっていた。お通しだけで、ずいぶん飲んでしまったようだ。からだもポカポカして温かい。

「お待たせいたしました」

佳代がお盆を手に入ってくる。康介の前に、少々大きめの皿が置かれた。

「こちら、栃尾の油揚げになります」

「あの、頼んでないですけど」

「え？」

人妻が狼狽したとき、

「それ、こっちですよ」

奥の席の女性が声をかけた。

「あ――も、申し訳ありませんでした」

佳代は慌てて皿を手にし、奥の席へ向かった。耳が真っ赤に染まっている。

料理を置いた彼女が急ぎ足で座敷を出る前に、康介は声をかけた。

「すみません。おれが注文したものを持ってくるときでいいんですけど、お酒のお代わりをお願いします」

「あ、はい。かしこまりました」

佳代の姿が見えなくなると同時に、奥の席から声が聞こえた。

「まったく、たった二組しかいないのに間違えるかね」

男のほうが愚痴半分からかい半分の口調で、人妻給仕をなじったのである。途端に、康介は苛立ちを覚えた。

(そんなふうに言わなくてもいいじゃないか)

ミスをしたし、仕事に慣れていないのも確かだ。

けれど、彼女は真面目にやっている。慣れていないなりに、一所懸命なのが伝わってくるではないか。それをどうして嘲ることができるのだろう。

そういうお前は、新人のときから一人前の仕事ができたのか。康介は男に問い詰めたい気がした。

(……おれ、酔ったのかな?)

こんなふうに誰かに対して、敵意をあらわにすることは滅多にない。アルコールの効果で怒りっぽくなっているのか。

もっとも、なじられたのが佳代だったから、腹が立ったのである。たとえば、男が同伴の女性に文句を言ったとしても、こんな気持ちにはならなかったはず。

それだけ給仕係の人妻に、親近感を覚えていたわけである。ただ、どうしてそういう心持ちになったのかは、自分でもよくわからなかった。

お酒を空けたところで、佳代が注文した料理を運んでくる。あとから頼んだ徳利も一緒に。

「お待たせいたしました」

どこか緊張した面持ちなのは、さっきの失敗が尾を引いているからか。康介は気の毒になり、努めて明るく話しかけた。

「このお酒、本当に美味しいです。お勧めされたとおり、ぬる燗が最高ですね。ありがとうございました」

お礼の言葉に、彼女は口許（くちもと）をほころばせた。

「お口に合いましたのなら、よかったです」

「ええ、ぴったり合いました。普段、日本酒は飲まないんですが、こんなに美味しいものだったのかって、初めて知った気がします」

「まあ」

照れくさそうな笑顔から、緊張の色が消えている。少しでも元気が出たのならよかったと、康介は安心した。

「ええと、へぎそばもいただきたいんですが」

「はい。一人前でよろしいですか？」

「え、一人前でもだいじょうぶなんですか？」

東京で食べた店では、二人前からだったのだ。普通の盛りそばと異なり、へぎそばは器にひと口ずつ並べるため、手間と器の関係で一人前はできなかったのだろう。

「はい。だいじょうぶですよ。多めがよろしければ、一・五人前というのもありますけど」

佳代がにこやかに答える。さすが地元だけのことはあると、康介は感心した。

ただ、お酒で食欲が増したこともあり、一人前では物足りない。

「ええと、二人前でお願いします」

「承知しました。すぐにお作りしてもよろしいですか？」

「そうですね……できれば、二十分後ぐらいに持ってきていただけると有り難いんですけど」

酒と肴を愉しむ時間を考えてお願いすると、快く「わかりました」と言われる。

彼女が下がると、康介はさっそく新しい徳利を傾けた。ぬる燗をちびちび飲み、注文した肴にも箸をつける。

(……こっちのきんぴらごぼうは、みんなこういうやつなのかな？)

康介が食べ慣れたものは、ゴボウも人参も千切りであった。ところが、その店のきんぴらごぼうは、細くスライスされていたのである。

そのほうが火が通りやすく、早く調理できるからそうしているのか。食べやすいのは間違いない。

ホタルイカも、甘塩っぱい酢味噌との相性が抜群だ。ネギとワカメも添えられ、いっそう味わい深くしてくれる。

(この店を選んで正解だったな)

蕎麦を食べるつもりで入ったのであるが、はからずも座敷に上げてもらい、旨い酒と肴を味わっている。結果的に大満足と言えよう。

メインのへぎそばを口にする前から、そっちもきっと旨いはずと、康介は確信した。

二十分後でいいと注文しておきながら、すぐにでも蕎麦をすすりたくなっている。

（え？）

視線を何気なく奥の席へ移すなり、心臓がバクンと高鳴る。ホステスらしき女性が、座卓の下で脚を大きく崩していたのである。さっきまでより陽気になっているふうだから、かなり酔ったのではないか。

ただでさえ短いスカートが、アウターとしての役割を放棄したみたいにずり上がっていた。むっちりした太腿もだらしなく開き、ストッキングを穿いていないナマ脚の付け根に喰い込むパンティがまる見えだ。

アルコールが入ると、男は性欲が高まるもの。ただ、これは女性も同じなのかもしれない。

ともあれ、普段ならパンチラなど目にしても、それとなく視線を外すのが常であった。紳士だなんて自負するつもりはないけれど、いちおうのエチケットは心得ていたのである。

ところが、このときの康介は、ついまじまじと凝視してしまった。女性の注意がこちらに向いていないのを幸いと、卑猥な縦ジワをこしらえるクロッチに胸をときめかせる。

パンティは白、あるいはクリーム色か。シミのような影が見えるのは気のせいだろうか。いかにも穿き馴れた感じの下着は、水商売ふうの派手なスーツとのコントラストで、やけに卑猥に映った。

おかげで、下半身に血液が集中する。

（——って、中学生かよ？）

童貞の十代少年じゃあるまいし、パンチラにドキドキした挙げ句、こんなところで勃起までするなんて。

妻を亡くして以来、女性との親密な付き合いがなかったのは事実である。風俗にも行っていない。

ただ、高まった欲望は自分の手で発散していたし、決して溜まっていたわけではないのだ。

なのに、康介のペニスは、それこそ十代を彷彿とさせるほどに、猛々しくいきり立っていた。触れなくても、鉄のごとく硬くなっているとわかる。

（酒のせいなのかな……？）

アルコールが性欲だけでなく、精力も高めたのか。ここまでの著しいエレクトは久しぶりな気がする。

そのとき、女性の目がこちらに向けられた。

（まずい――）

康介はさりげなく顔を背けた。ぐい呑みに口をつけ、日本酒を味わっているフリを装う。心臓が焦りで高鳴るのを、悟られないように努めて。

再び視線を戻すと、彼女は相変わらず脚を崩していた。むしろ、さっきよりもパンティの面積が増えている気がする。スカートの内側を窃視されていると、気がついたわけではなさそうだ。

だったらかまうまいと、パンチラも肴にして酒を飲む。いちおう、盗み見を悟られぬように注意して。いきり立つ分身も、手でそれとなく位置を調節し、ズボンのふくらみが目立たないようにした。

下腹に密着した亀頭が、肌にヌルヌルとこすれる感触がある。早くも先走りの露をこぼしているようだ。

（こんなに勃つのなんて、いつ以来だろう）

まだ四十路前だし、朝起きればそこはだいたい膨張している。そのときが最も硬いのであるが、今はそれに勝るとも劣らない漲り具合であった。

そうなれば、欲望をほとばしらせたくなるのが男の性である。

とは言え、ここでオナニーができるはずがない。ホテルに戻って手で処理するか、あるいは風俗でもと心が動く。

死別後こそ訪れたことはないが、結婚していたときには、出張先で風俗店に訪れたことが何度かあった。決して夫婦生活に飽き飽きしていたからではない。そのとき生じたムラムラを発散するためだ。出張中でなかったら、家に帰って晶子を抱いたはずである。

そして、特に罪悪感を抱くこともなかったのは、彼女が唯一無二のパートナーだったからに他ならない。自分の女は他にいないと確信していたからこそ、風俗は単なる性処理と割り切れたのだ。

妻を亡くしたあとに風俗へ行かなかったのは、そんな気になれなかったことに加え、帰る場所が無い不安定さゆえであった。要は、遊びと割り切れなくなる恐れがあったからである。寂しさのあまり、手軽な男女関係にはまって、そこから抜け出せなくなる気がした。

それでも、独り身になって五年が経ち、気持ちも落ち着いた。風俗ぐらいならという心境になるまで、吹っ切れたようである。失ったあとでも、晶子がちゃんと自分の中にいるとわかったことも大きいだろう。

しかしながら、新潟の風俗事情などわからない。気軽に立ち寄れる店があるかどうかも不明だし、妙なところに引っかかって、時間とお金を無駄にしたくなかった。

ホテルの有料チャンネルでも見て、オナニーをすればいい。一抹の侘しさも覚えつつ、そう決心したとき、

「お待たせいたしました」

へぎそばが運ばれてきて、康介は慌てて居住まいを正した。

(え、もう二十分経ったのか?)

パンチラに夢中になりすぎて、時間が経つのも忘れてしまったらしい。まったく、いい年をしてと、康介は自らを恥じた。

「へぎそば、二人前になります。薬味はお好みでお使いください。後ほど、そば湯をお持ちいたします」

佳代は溌剌としているように見えた。さっき褒められて自信がついたのだろうか。

「ありがとう。美味しそうですね」

ひと口ぶんずつ綺麗に並べられた蕎麦は、緑がかった色も鮮やかでツヤツヤしてい

る。いかにも喉ごしがよさそうだ。

「ごゆっくりどうぞ」

人妻の色香が感じられる笑顔にも胸をはずませつつ、康介は蕎麦猪口（ちょこ）につゆを注いだ。

薬味はネギとおろしわさび。他に刻み海苔（のり）も添えられていた。とりあえずネギとわさびをつゆに半分ほど入れ、さっそくいただく。蕎麦をひと口ぶん箸で取り、つゆにひたした。

蕎麦はつゆを少しだけつけ、一気にすするものだといううんちくを、落語で聞いたことがある。もっともそれは、更科（さらしな）蕎麦のように淡泊なやつを、濃い口のつゆにつける江戸ふうの食べ方だと、あとで職場の先輩に教わった。蕎麦の味が強いものは、むしろつゆをちゃんと絡めたほうがうまいのだとも。

前に食べたとき、へぎそばは海藻の風味もよく、蕎麦本来の味もしっかりあった。それゆえ、つゆにも負けないし、むしろ互角に戦わせたほうが旨いはず。

実際、冷たくてシャキッとした蕎麦が口から喉を通るとき、爽（さわ）やかな旨味がすっと広がった。

（ああ、旨いな）

　蕎麦は喉で味わうという、これも落語で学んだうんちくには、心から賛同する。だが、いい蕎麦は噛(か)んでも旨い。くちゃくちゃと咀嚼(そしゃく)することはさすがにないけれど、噛むことで蕎麦の味がいっそう濃厚になるのだ。

　喉ごしとコシ、それから蕎麦の風味。そこまでだと、すぐに飽きてしまうであろう。しかし、つゆが絡み、さらに薬味の辛さがアクセントになることで、見事な味を醸成するのである。

　汁をかけるものを除けば、蕎麦は完成品が提供されるのではない。旨くなるもならないも、食べ方ひとつにかかっている。つゆのつけ具合から薬味の量、さらにすすり方に至るまで、食する側に技が求められているのだ。

　よって、技量のない者は、蕎麦を美味しく食べられない。

　まさに蕎麦こそが大人の食べ物だなと、康介はひとりうなずいた。ちょっと考えておろしわさびを付け足し、ふた口目をたぐる。

　わさびも蕎麦には欠かせない。寿司や刺身もそうだが、わさびを知って初めて和食が理解できるのではないか。康介は素麺(そうめん)や冷や麦でも、おろしショウガではなくわさびを薬味に用いるぐらいだった。

　それにしても、ひと口ずつのそばを、波や編み目のごとく器に並べるのは、いったいどのようにして行なっているのか。食べながらも興味は尽きない。

おそらくは食べやすいようにという、もてなしの心から始まったのであろう。それが可能になったのも、へぎそばが持つなめらかさとコシがあってこそに違いない。一般的な蕎麦では、ここまで綺麗に並べられないと思うのだ。

へぎそばを半分ほど食べたところで、奥のカップルが席を立つ。これでお開きなのか。それとも、場所を変えて親密なひとときを過ごすのか。

そんなことは、康介にはどうでもよかった。もうちょっとパンチラを見ておけばよかったとも思わない。すでに心は蕎麦に奪われていたのだ。

事実、あれだけ猛々しかったペニスも、とっくにおとなしくなっていた。

「ふう」

二人前のへぎそばをぺろりと平らげ、康介はひと息ついた。まだ食べたい、爽やかな味と喉ごしをもっと愉しみたい気持ちはある。

しかし、胃が満員御礼を訴えていた。

(しょうがない。今日はここまでか)

と、一度は諦めたものの、なかなか未練を断ち切れない。残っていた酒と肴を、またちびちびとやりながら、食べたぶんをすぐに消化してくれないかなと、無茶なことを願う。

　そのうち疲れと酔い、それから満腹の相乗作用で、睡魔が襲ってきた。しかも、気を抜くとすぐにころりと横になってしまいそうに強烈なやつだ。

「うう、眠い」

　思わず声に出してしまい、ますます瞼（まぶた）が重くなる。

（あ、待てよ。ひと眠りすれば、またへぎそばを食べられるかもしれないぞ）

　浅ましいことを考えるなり、康介は横にあった座布団をふたつに折った。ほとんど無意識に近い行動であった。それを枕にして畳に身を横たえるなり、眠りに引き込まれる。

　そのとき、階段を上がってくる足音がした。

（あ、佳代さんだ——）

　そば湯を持ってきたのか。それとも、奥の席を片付けに来たのか。

　どちらなのかを確かめることは、康介にはできなかった。彼女の姿を認める前に、深い眠りに落ちたからだ。

3

目が覚めると、薄暗い天井があった。

（あれ？）

見知らぬ眺めに、自分がどこにいるのかわからず混乱する。

畳を背中にして、枕は二つ折りの座布団。腹にはタオルケットが掛けられている。横を見ると座卓があった。

そこまで状況を理解してようやく、蕎麦屋の二階の座敷にいることを思い出す。それから、疲れと酔いでほとんど寝落ちしてしまったことも。

（……どれぐらい眠ってたんだろう？）

座敷内は常夜灯と、廊下の非常口の明かりのみが照らしている。あたりはしんと静まり返っているから、店の営業時間が終わっているのは間違いあるまい。

ひょっとして、従業員はみんな帰ってしまったのか。

取り残されたのかもしれないと思っても、康介はすぐには動けなかった。軽い二日酔い状態で、まだ頭がぼんやりしていたからだ。それに、手足も怠（だる）い。

(やっぱり疲れていたんだな)

だが、一箇所だけ元気を誇示している部分がある。ペニスだ。睡眠時の作用でエレクトしたそこは、ズボンの前をテント状に盛りあげていたのである。

(まったく、勃ちすぎだぞ、お前)

不肖のムスコを嘆き、ズボン越しに握り込む。

「むう」

快さが広がり、康介は太い鼻息をこぼした。

鉄のごとき硬度の分身は、手指に逞しい脈打ちを伝える。朝勃ちが猛々しいのはいつものことながら、自分の家ではないところでここまでふんぞり返るなんて、あまりに礼を失している。

(パンチラを見た影響が残ってるのか?)

同じ座敷にいた、ホステスらしき女性の股間に喰い込むクロッチが、脳裏に蘇る。あれはたしかにいやらしかったし、それを見たときもこんなふうに勃起したのだ。一度は萎えたはずながら、あれで勃ちグセがついたのかもしれない。

などと考えながら分身を揉みしごくことで、次第に頭がはっきりしてくる。快感が意識を呼び覚ましたようだ。

ついでにオナニーをしようかと、不埒なことを考えたとき、

「お目覚めになりましたか？」

突然聞こえた声に、心臓が止まりそうになる。

「え？」

さらに、見覚えのある顔が真上から覗き込んだものだから、ますますうろたえた。

（か、佳代さん――）

薄明かりで、尚かつ逆光でも、人妻の給仕さんであるとはっきりわかった。

「あああ、す、すみませんっ！」

康介は焦って跳ね起き、身を翻して正座した。額が畳につくほどに、深々と土下座する。

「この度は、ご迷惑をおかけしました」

耳が燃えるように熱いのは、寝込んでしまった恥ずかしさのためばかりではなかった。

（ああ、チンポをいじっているところを見られた……）

彼女はずっと近くで見守っていたのだ。それに気づかず、勃起したイチモツをズボン越しに愛撫するなんて。

いや、その前から、猛々しく朝勃ち（夜勃ち？）しているところも、見られていたに違いない。

もっとも人妻なら、夫のそれを目撃したこともあろう。欲望とは関係のない生理現象だと、わかってくれるのではないか。

だとしても、場所をわきまえず自慰的行為をしたことに変わりはない。しかも店で寝込んで、ただでさえ迷惑をかけたというのに。

「いえ、お気になさらないでください。お客様が寝てしまうのは、べつに珍しいことではないそうですので」

優しい言葉が、かえって心苦しい。かと言って、ずっと土下座していたら、それはそれで困らせるだけであろう。

「すみません……」

恐る恐る顔を上げると、佳代はちょっと困ったふうな笑みを浮かべていた。怒っているわけではないとわかり、とりあえず安堵（あんど）する。

「あの……お店はもう終わりですよね？」

確認すると、彼女が「ええ」とうなずいた。

「他の従業員の方は？」

「もう帰りました。残っているのは、わたしひとりです」

では、みんながいなくなったあとも、康介が目を覚ますのをただ待っていたのか。

無理にでも起こしてくれてかまわなかったのに。

「すみません。おれが寝てしまわなければ、早く帰れたのに。起きるまで、ずっと待っていてくださったんですか？」

「ずっとということはありません。みんなが帰ってから、まだ三十分も経っていませんから」

「え、そうなんですか？」

慌てて腕時計を確認すると、午前一時前だった。確か営業時間は午後十一時半までだったから、後片付けの時間を考えても、だいたいそのぐらいになるのか。

「わたしは今週入ったばかりなので、お客様への対処を学ぶためにって残ることになったんです」

やはりここで働いて、日が浅かったのだ。ただ、客への対処を学ぶためというのはただの口実で、面倒なことを新人に押しつけただけのように思える。

「だけど、起こしていただいても全然かまわなかったのに」

「よく眠っていらしたものですから。それに——」

言いかけて、佳代が口ごもる。眼差しに恥じらいが浮かんでいるのを認め、康介は理解した。

（おれが勃起していたから、声をかけづらかったんだな……）

頬が熱くなる。ようするに、すべて自分が悪いのだ。

「お気遣いありがとうございました。タオルケットも掛けていただいて」

話題を逸らすと、彼女もホッとしたように頬を緩めた。

「いえ、さっきも申しましたけど、特に座敷は眠ってしまうお客様がいらっしゃいますので、そのために用意してあるんです」

「でも、帰りが遅くなって、旦那さんが心配されてるんじゃないですか？」

「え、どうしてわたしが――」

人妻であるとわかったのか。疑問を口にしかけた佳代であったが、自身の左手の指輪に気づき、納得顔でうなずいた。

「うちはだいじょうぶです。たぶん、主人はまだ飲み歩いているか、帰っても寝てるでしょうから」

そうすると、子供はいないのか。ただ、彼女の面差しに暗い影が差したものだから、康介は（おや？）と思った。

(なんか、旦那さんを信用していないみたいな口振りだな)

夫がしっかり稼がないから、妻である彼女が働いているのだとか。しかし、そんなことを訊けるはずがなかった。

「お客様も、奥様がお待ちなんじゃないですか？」

佳代の視線は、康介の左手に注がれていた。結婚指輪を確認したのだ。

「ああ、おれは出張で新潟に来ているんです。ホテルも近くなので、遅くても問題ありません」

「それならいいんですけど」

「それに、妻はいませんので」

「え、でも」

「亡くなりました。五年前に」

「まあ」

絶句され、康介は正直に告げたことをちょっぴり後悔した。

(ていうか、どうしてしゃべっちゃったんだろう……)

今日会ったばかりで、明日以降も顔を合わせることはない女性なのに。お客が妻と死別したなんて、聞かされたほうも反応に困るだけなのだ。

ただ、佳代のほうも夫婦関係に問題を抱えていそうな気がする。自分のことを打ち明ければ、彼女も心を開いてくれるのではないか。

「独りになったのに、今でも指輪をはめっぱなしなのは、未練があってじゃなくて、単に安心するからなんですけど」

努めて明るい口調で話すと、佳代は戸惑いを浮かべつつもうなずいた。

「夫婦のかたちなんて様々ですし、誰もが幸せな結婚生活を送っているわけじゃありませんからね。たぶん大事なのは、悩みすぎないってことなんですよ。妻を亡くして、おれもようやく最近、そのことがわかってきました」

「そうなんですか……」

「だから、もしも悩みがあるんでしたら、これも何かの縁ですし、おれでよかったら聞きますけど」

差し出がましいのは重々承知している。だが、さんざん迷惑をかけたのであり、せめてものお詫びのつもりだったのだ。

すると、小さく鼻をすすった人妻が、濡れた眼差しを向けてくる。

「ありがとうございます」

否定しないということは、やはり悩みを抱えているのだ。康介は無理に話させることなく、彼女をじっと見つめた。

「……実は、主人が会社を辞めさせられたんです」

「え、いつですか？」

「もう二ヶ月になります。人員整理とかで、何人も同時に辞めさせられたんですけど、主人は主人なりに会社に尽くしてきた自負があったものですから、かなりショックを受けたみたいで」

だとすれば自暴自棄になり、遅くまで飲み歩いても不思議ではない。

「わたしとしては、気持ちを切り替えて再就職してもらいたいんですけど、とてもそんな心境にはなれないみたいで、ずっと荒れているんです」

「そうなんですか」

「主人とは高校の同級生で、気性もわかりますし、何もする気になれないのも無理ないなって思うんです。ただ、いつまでもお酒に頼っていても、何も解決しませんし、からだを壊したらと考えると心配で……失業手当だって、ずっと出るわけじゃありませんから」

「たしかにそうですね。ご主人はおいくつなんですか？」

「三十六です」

その年なら、いくらでもやり直しが利くだろう。ただ、問題は本人にやる気があるかどうかだ。

（佳代さんもつらいだろうな……）

高校時代からなら、二十年もの長い付き合いになる。お互いのこともよく知っているから気持ちがわかり、かえって責められないのではないか。

だからこそ、夫が立ち直るまでと、こうして働きだしたのだろう。加えて、家にいる夫と顔を合わせのがつらくて、外に出ているのかもしれない。

佳代と夫への同情心が大きくなる。康介自身も幼なじみだった妻と死に別れたから、長い付き合いの夫婦がつらい状況にあることが不憫でならない。何とか力になれないものかと思う。

と、何やら考え込むような面持ちを見せていた佳代が、ためらいがちに訊ねた。

「あの……奥様が亡くなって、五年とおっしゃいましたよね？」

「はい」

「お客様はこれまで――」

「おれ、仲元康介といいます」

他人行儀な呼ばれ方が焦れったくて名乗ると、彼女が小さくうなずいた。

「仲元さんは、ずっとおひとりだったんですか？」

「そうですね。まあ、妻に気兼ねしてってていうわけじゃなくて、単に仕事が忙しかったからなんですけど。出張も多いですし」

正確には、妻がいないことから目を背けるために、仕事に没頭していたのである。

しかし、そんなことまで話す必要はない。

「じゃあ、ずっと我慢なさってて、その……」

急に話しづらそうな様子を見せたものだから、康介はきょとんとなった。だが、こちらに向けられている人妻の視線を追い、あるものを発見して焦る。

（あ、まずい）

なんと、股間の分身が少しも萎えておらず、みっともないテントをこしらえていたのである。

佳代に見られていたと知って狼狽し、恥じ入ったことで、そこはすっかりおとなしくなったと思い込んでいた。だが、主の心情など関係なく、我が息子はずっと威張りくさっていたというのか。

「い、いや、あの、これは」

康介は両手で欲情の証しを隠し、肩をすぼめて恥じ入った。勃起を見せびらかしながら、何を偉そうに語っていたのか。

「べ、べつに禁欲していたからこうなったのではなくて、たまたま――」

いや、こういう場合にタマタマなんて言ってはいけないのか。などと、うろたえるあまり、どうでもいいことを気にする。

すると、人妻が堪えきれなくなったようにプッと吹き出した。

「もちろんわかってますわ」

「へ？」

「ずっとお元気でしたから、ちょっとからかっただけです」

言われて、そういうことかと安堵する。もっとも、不愉快なものを見せつけていたことに変わりはない。

「すみませんでした……」

改めて謝罪すると、彼女がかぶりを振る。

「いいえ。だけど、無理ないと思います」

「え？」

「わたしだって、無性に誰かに縋りたくなることがあります。主人が今みたいな調子だと寂しくて、心が折れそうになることもありますから。仲元さんだって、そういう気持ちがあるから、その……知らないうちに求めてしまうんじゃないですか？」

人妻が濡れた瞳を見せ、思わせぶりなことを口にする。つまり、無意識に女性を欲しているから、ペニスが勃起したと言いたいのか。そして、彼女のほうも、男とのふれあいを求めていると。

「いや、おれはともかく、佳代さんには旦那さんが──」

言いかけて、口をつぐむ。失業のショックから立ち直っていない夫に、妻の相手をする余裕などあるはずがない。むしろ苛立ちのあまり、邪険に扱われているのではないか。

(そうだよな……佳代さん、寂しいんだ)

もしかしたら、眠っている康介を起こさなかったのは、そばにいてくれる男を欲してだったのかもしれない。あるいは、逞しいシンボルに女の芯を疼(うず)かせ、見とれていた可能性もある。

ともあれ、彼女に求められているのだと、康介は悟った。でなければ、ここまであからさまな話はしまい。

ならば、是非応えてあげたい。

単なる同情心ゆえではなかった。ひとりの女性として魅力を感じ、康介は膝を前に進めた。こんなときめきは、ずいぶん久しぶりだ。

「佳代さん——」

呼びかけると、和服の肩がピクッと震える。こちらを真っ直ぐ見据える目は、さっき以上に潤んでいた。

膝が触れるまで進んでから、腿の上で揃えられていた手を握る。彼女は拒むことなく、握り返してくれた。

受け入れられたことに安堵して、顔を近づける。三十代半ばの熟女の甘ったるい香りが感じられ、軽い目眩(めまい)を覚えた。

(一所懸命働いていたんだろうな)

和服の中は、かなり汗ばんでいるのではないか。

佳代の瞼が閉じられる。覚悟を決めた面持ちは、どこか痛々しい。

だからと言って、ここで中断したら、彼女をもっと傷つけることになる。

かすかに震える熟れ色の唇に、康介は自らのものを重ねた——。

4

帯を解いて脱がせた着物が、畳の上に広げられる。その上に、佳代がそろそろと身を横たえた。

成熟した肢体がまとうのは、桃色の薄い襦袢のみ。その下にまだ下着があるのかもしれないが、彼女はどこか不安げな様子である。

康介が服を着たままだからだ。

「ね、仲元さんも――」

泣きそうな目で訴えられ、「うん」とうなずく。康介は手早く着ているものを脱いだ。

(……佳代さんも、そのほうが安心するよな)

ちょっと考えて、靴下ばかりかブリーフも脱ぎ捨て、素っ裸になる。そうすれば、彼女も肌を晒しやすくなると思ったのだ。

「ああ、こんなになって」

添い寝すると、佳代はすぐに牡の漲りを握った。指の柔らかさとしっとり具合が、たまらなく気持ちいい。

「ああ、佳代さん」

歓喜に声を震わせると、彼女は満足げに口許をほころばせた。

「すごく元気ですね」

はち切れそうに疼く牡器官を、優しくしごいてくれる。

「仲元さんは、おいくつなんですか？」

「三十九歳です」

答えると、澄んだ瞳が見開かれる。

「本当に？　もっとお若いのかと思ってました。ひょっとして、わたしより年下なのかもって」

そんなに若く見えるのかと、康介は嬉しくなった。しかし、そういうわけではなかったらしい。

「だって、こんなに硬いんですもの」

筒肉に巻きつけた指に強弱をつけ、ほうとため息をつく。単にペニスの硬度のみで、年齢を推察されたようである。

（てことは、旦那さんはここまで硬くないのか）

思ったものの、彼女の夫と同じ年のときは、康介もあまり元気がなかった。妻を亡くして二年しか経っていなかったためである。

それが、ここまで元気になれたのは、そろそろ新しい出会いを求めなさいと、晶子も天国で応援しているからだろうか。

とは言え、佳代は夫がいる。このふれあいは一時的な、あくまでも寂しさを慰めるためのものに過ぎない。

「佳代さんが魅力的だから、ここまで元気になったんですよ」

康介の言葉に、彼女は眉をひそめた。少しも信じていないというふうに。

「嘘ばっかり。その前から大きくなっていたじゃないですか」

たしかにその通りだから、違うとは言えない。さりとて認めるわけにもいかず、熟女の唇を奪って誤魔化す。

「ンぅ」

佳代が咎めるように呻く。かまわず舌を差し入れると、しょうがないというふうに応えてくれた。

ピチャピチャ……チュッ。

ふたりの舌が戯れ合い、唾液も交換される。ペニスもゆるゆるとしごかれ、康介はうっとりした快感にひたった。

人妻の唾はトロリと粘っこく、甘みがあった。それを喉に落とすことで、彼女との一体感を覚える。

そして、寂しさやつらさも伝わってくる心地がした。

（大変だったんだろうな……）

失業した夫をいたわり、励まし、それでも荒んだ態度を示され、気苦労が多かったに違いない。こうして働きに出たのは、もちろん家計を気にかけてなのだろうが、自分を取り戻したかった部分もあるはず。妻としてではなく、ひとりの女として。

その願いを叶えるべく、康介は熟れた女体をまさぐった。襦袢越しに女らしい柔らかさを確かめたあと、襟元に手を差し入れる。

そこにはブラジャーと異なる、和装用らしき下着があった。その内側に手を入れ、ふっくらした乳房を揉むと、艶腰が切なげにくねる。

「ンふふぅ」

鼻息をこぼした佳代が、肉根を強く握る。だが、頂上をさぐって乳首を摘まむと、堪えきれなくなったふうにくちづけをほどいた。

「だ、ダメっ」

拒まれて、康介は戸惑った。

「え、どうしたんですか？」

「ダメなの、そこは……くすぐったいから」

どうやら乳首を愛撫されるのが苦手らしい。

「旦那さんに吸ってもらってないんですか？」

訊ねると、そんなこと訊かないでと言いたげに顔をしかめる。

「まさか……赤ちゃんじゃあるまいし」

おっぱいを吸っていいのは乳飲み子だけだと、決めているのだろうか。

仕方なく、康介は襟元に差し入れた手を抜き、下半身へと移動させた。裾をくつろげて、むっちりした太腿をさすっても、そちらは拒まない。

ならばと、さらに奥まったところを探る。しっとりした内腿の付け根、女性の秘められたところは、薄物がしっかりガードしていた。

（着物でも、パンティを穿いてるんだな）

今の時代は当たり前か。だが、女芯を守るクロッチに指を這わせれば、そこはじっとりと湿っているようであった。

（汗……じゃないよな）

忙しく働いていたようでも、そこが蒸れたのは汗ばかりのせいではあるまい。なぜなら、指頭にヌルヌルした感触があったのだ。

「あ、イヤ」

佳代が下半身をわななかせる。それ以上の探索を拒むように、不作法な指をギュッと挟み込んだ。

けれど、そんなことで怯みはしない。

動きを封じられても、指先は動かせる。湿った中心をしつこくくじるようにすると、彼女は呼吸をはずませだした。

「ああ、あ、ダメ」

両脚がすり合わせられ、襦袢の裾が乱れる。蜜をたっぷりと吸った股布は、染み込んだものを外側にもじゅわりと滲ませた。

（こんなに濡らして……）

おそらく、逞しいモノで貫かれたくて、焦れているのだ。その証拠に、強ばりきったペニスを、今は乱暴にしごく。

「そ、そんなにしないで」

切なさをあらわに身をよじり、眉間に深いシワを刻む。もう、一刻も早く結ばれたいのだ。

（よし、だったら――）

康介は身を起こし、襦袢の下に両手を入れた。艶腰を包む薄物のゴムに手をかけ、引き下ろす。

佳代は少しも拒まず、むしろ歓迎するように尻を浮かせた。

人妻が穿いていたのは、ベージュのごくシンプルなパンティであった。それゆえにリアルで、妙になまめかしい。愛用しているのか、ゴムのところがわずかにほつれていたのにも、劣情を煽（あお）られた。

（おれ、佳代さんとセックスするんだ――）

行為に及ぶ前から、そのことが実感として迫ってくる。

だが、ナマ白い下腹の、ふっくらもりあがったところに群れる縮れ毛を目にするなり、別の関心がムクムクと湧く。ただ挿入するだけでは物足りなく感じたのだ。

（佳代さんのアソコは、どんな味がするんだろう……）

そして、匂いはどうなのか。想像するだけで、劣情が際限なくふくれあがる。

しかし、想像などする必要はないのだ。なぜなら、目の前にそのものがあるのだから。

とは言え、秘苑に口をつけることを求めても、慎み深い人妻が了承するとは思えなかった。

康介は彼女の両膝に手をかけると、

「いいですね？」

と、曖昧な言葉で許しを求めた。

「……はい」

佳代が目を閉じたまま、脚の力を抜く。膝が離れ、女らしく色づいた下肢が大きく割れた。牡を迎え入れる覚悟ができているのだ。

暴かれた中心部分は、濃い恥叢が隠している。目を近づけないことには、佇まいを確認できなさそうだ。

けれど、じっくり観察する余裕などない。彼女はすぐにでも挿入されるものと思っている。こちらの意図を気づかれぬうちに、急いで進める必要があった。

膝を軽く曲げてくの字にさせる。そのあいだに腰を割り込ませるフリをして、康介は素早く秘苑に顔を埋めた。

（おお……）

胸の内で感嘆の声をあげる。そこは酸味を含んだ女の匂いが、馥郁とこもっていた。

やはり一所懸命働いていたのだ。感じられるのは、汗の成分が強い。あとは用を足した名残らしきアンモニア臭と、よりなまめかしい女くささも含まれていた。

秘毛が濃いから匂いも強いかもと、密かに期待していたのである。ところが、漂うものは全体に控え目だ。もともと体臭が薄いのかもしれない。

それでも、美熟女の真っ正直な媚香は、牡を充分に昂ぶらせるものであった。

「え、何を？」

佳代の声がして、下半身がずり上がろうとする。気づかれたようだ。

康介は艶腰をがっちりと抱え込んだ。群れる叢を鼻でかき分け、恥割れに舌を差し入れる。まだ味を確かめていなかったのだ。

「イヤッ、だ、ダメ」

悲鳴があがり、色めいた下半身が暴れる。だが、舌が濡れ温かな粘膜を抉るように舐めるなり、女体がビクンとわななないて硬直した。

「あ、あ――」

信じられないというふうな声が聞こえた。未知のことに遭遇し、全身がフリーズしたかのようだ。

それをいいことに、康介は舌をピチャピチャと躍らせ、人妻の蜜を味わった。

（これが佳代さんの味なのか）

ほんのり塩気が感じられる程度で、はっきりした味があるわけではない。にもかかわらず、康介は美味しいと思った。錯覚かもしれないが、粘つきの中に甘みも捉えていたのだ。

「ああ、だ、ダメ……恥ずかしい」

ようやく我に返ったか、佳代が切なげに嘆く。けれど、抵抗は弱々しい。着物の上で、尻をわずかにくねらせるのみだ。

それすらも抵抗なのか、快感にひたっているのかはっきりしない。ただ、洩れ聞こえる声が、程なく艶めきに染まりだした。

「い、イヤ……あああ、し、しないでぇ」

忌避の言葉を吐きつつも、熟れた肉体は歓喜に溺れる。もはやそこから逃れられなくなっている様子だ。

ならば、このまま一度頂上に導こうと、敏感な真珠を狙って舌を律動させる。

「あああ、そ、そこぉ」

佳代が腰を上下にはずませてよがる。襦袢が裾を大きく乱し、ヘソから下があらわになった。

（ああ、いやらしい）

半脱ぎの姿は、全裸以上に煽情的だ。ヒクヒクと波打つ脂ののった下腹が、もっとしてとせがんでいるかに映る。

もうすぐイクのだと確信して、康介は人妻の秘核を一心にねぶった。

「あふンッ！」

鼻にかかった喘ぎをこぼし、彼女が脱力する。着物の上にしどけなく手足をのばし、胸をせわしなく上下させた。

（イッたんだ……）

オルガスムスの余韻にひたる熟れたボディが、ピクッと細かなわななきを示す。それにも劣情を煽られて、康介は矢も盾もたまらなくなった。

（挿れたい――）

心の欲するままに、裸身を佳代に重ねる。

「んぅ……」

彼女はかすかに呻いただけで、特に反応しない。何をされようとしているのか、理解していないのではないか。肉槍の尖端を濡れ割れにあてがっても、それは変わらなかった。

けれど、我に返るのを待つ余裕はない。一刻も早く、快い柔穴に入りたかった。

「挿れますよ」

短く告げ、康介は人妻に押し入った。

「あああっ」

佳代が声を高らかに張りあげる。背中を反らし、今にも乳房がこぼれそうな胸元を震わせた。

途端に、ぬっぷりした蜜壺がキツくすぼまる。

「おおお」

康介も呻き、尻の筋肉をビクビクと痙攣させた。

女芯の中は温かだった。柔らかなヒダがぴっちりとまといつき、かすかに蠢いている。入り口部分が、牡茎の根元を強く締めつけていた。

（気持ちいい——）

ハァハァと息をはずませる熟女。かぐわしいそれが、顔にふわっと吹きかかる。

康介はさらなる悦楽を求め、分身を抜き挿しした。初めはゆっくりと。徐々に勢いをつけて。

「あ、あ、あ、あふン」

佳代が喘ぎ、眉間に切なげな縦ジワをこしらえる。

(おれ、佳代さんとしてるんだ——)

快さが実感を高め、全身が熱くなる。

妻と死に別れて以来のセックス。結ばれたらどうなるのかと、康介は密かに危ぶんでいた。罪悪感や後悔に苛(さいな)まれるのではないかと。

しかし、そこにあるのは蕩(とろ)けるような悦(よろこ)びのみであった。

(機は熟してたってことなんだな)

晶子はとっくに許していたのだ。康介は素直にそう信じられた。

ならば、あとはひたすら快感を求めるのみ。

「ああ、あなた」

康介の二の腕にしがみつき、佳代が頭を左右に振る。あなたという呼びかけは、不貞を夫に詫びる気持ちからなのか。

しかし、艶腰はもっとしてとねだるように、いやらしくくねる。

「佳代さん。すごく気持ちいい」

感動を込めて告げ、ピストンの動きを速める。彼女は「イヤイヤ」と恥じらった。

そのくせ、

「いい、いいの、もっとぉ」

と、舌の根も乾かぬうちに、いっそう激しく貫かれることを求める。

ぬ……グチャ――。

交わる性器が卑猥な音をこぼす。熱い蜜が多量にこぼれ、陰嚢にまで伝うのを康介は感じた。

（もうすぐイキそうだぞ）

佳代の喘ぎがせわしなくはずみ、内部もいっそう熱くなっている。康介自身もかなり高まっていたが、彼女のためにと忍耐を振り絞り、一心に腰を振り続けた。気立てのいい人妻の寂しさを癒やすことが、己の使命だと信じて。

「ああ、あ、もう――」

切羽詰まった声を洩らした美熟女が、腰から下をガクガクと波打たせる。膣の締まりが強まり、康介もいよいよ限界であった。

「おれ、いきそうです」

降参すると、佳代が何度もうなずいた。

「いいわ……な、中にちょうだい」

ストレートな要請に、忍耐の堰が切れる。

「あ、あ、出ます。いく――」

呻くように告げ、激情の滾りを勢いよく撃ち出す。

「あああ、い、イッちゃうぅうっ！」

ほとばしりを体奥で受け止めた佳代が昇りつめる。半裸の女体をぎゅんと強ばらせた――。

身繕いを整えながら、ふたりはチラチラと視線を交わした。恥じらいと満足の笑みを浮かべて。

「ところで、旦那さんは何の仕事をしてらしたんですか？」

服を着てから訊ねると、佳代は帯を直しながら答えた。

「エンジニア、っていうんですか？　機械関係の仕事です」

「え、お勤め先はどこだったんですか？」

「ご存じかどうかわかりませんけど、××工業という会社です」

その社名は、新潟支社で何度も耳にした。ここ数年、めきめきと業績を上げており、新潟支社のライバルと目されているところだ。

ただ、目先の儲け主義に走っているため、社員への待遇に波があるとのことだった。

新しい人材を採用する代わりに、古参の社員や技術者を平気でクビにしているとか。佳代の夫も、そういう方針の犠牲になったのではないか。

（だけど、その会社で実績を上げていたのなら、相応の腕があるってことじゃないのかな？）

今日の講習会のあと、支社の担当者がこぼしていた。若手の育成が大事なのだけれど、彼らを導けるベテランが不足していると。実績のある技術者を募集しても、なかなか集まらないそうだ。

だが、探せば佳代の夫のように、他の社で見切りをつけられた人材がいるのではないか。康介はさっそく彼女に持ちかけた。

「実はおれ、〇〇工産という会社に勤めてるんです。今日は新潟の支社で講習会があって来たんですけど、ちょうど今、技術者を募集しているんです」

「……そうなんですか？」

「もしもご本人に意欲があるのなら、旦那さんにうちの支社の面接を受けるように、働きかけてもらえませんか？　おれからも、支社の人間に伝えておきますので」

「まあ」

佳代の表情がぱあっと明るくなる。続いて、目を感激で潤ませた。

「ありがとうございます。主人も働けるところがあれば、きっと前のように頑張れると思います」

「ええ。おそらく仕事のできる方だったからこそ、辞めさせられたショックが大きかったと思うんです。採用になるかどうかは、この場で確約できませんけれど、一度面接を受けてみるといいと思うんです」

「はい。ありがとうございます」

深々と頭を下げた人妻に、康介は安堵した。

(これで旦那さんが採用になって、しっかり働けば、佳代さんも慣れない仕事をする必要はないんだ)

こういう素敵な女性に苦労をさせてはいけないと、心から思う。もっとも、

(でも、また新潟に来たときに、この店で佳代さんに会えたら、それはそれで嬉しいかも)

と、ほのかな期待を抱く康介であった。

第二章　とろけるくちづけ

1

仙台市は広い。

面積そのものは、日本の市の中では五十数番目だ。もっと広いところは、他にいくつもある。

けれど、すでにこの地へ何度も訪れているのに、康介はその度に（広いなあ）と感嘆するのだ。

仙台へは、取引先の工場の、機器のメンテナンスで訪れる。工場があるのは仙台市の泉区だ。

仙台市の北部に位置する泉区は、仙台市と合併する以前は泉市と、独立した市であった。西半分が自然豊かな山地で、東半分が住宅地や商業地などが広がる丘陵地帯になっている。

取引先の工場は、山間にあった。そこから泉区の丘陵地帯が、広い範囲まで眺められるのである。

そういう光景をよく目にしているから、仙台市は広いという印象が強いのだろう。

さらに、仙台市の中心部へ出れば、ひといきれのする都会だ。ひとつの市の中に様々な景色があり、そんなところにも広さを感じるようだ。

考えてみれば、仙台は地理的に東京都と似ているところがある。市の中心部が二十三区で、丘陵地帯が多摩地域、山地はそのまま西部の関東山地というふうに。

実際、泉区の丘陵地帯にある住宅地を通るとき、康介は自宅マンションのある三鷹や、多摩丘陵を思い出す。工場の近辺は、八王子から高尾山にかけてと似た印象の眺めだ。あまり遠い地へ来た感じがしない。

むしろ、市の中心部を歩くときのほうが、はるばるやって来たという実感を得られるのである。

仕事を終え、康介は仙台駅近くのホテルへ戻った。仙台に来たときはいつも泊まる定宿である。

シャワー浴びてひと休みしたあと、夜の仙台へ繰り出す。もちろん、美味しいものを食べるために。

（やっぱり「牛タン」だな……）

青葉通りを歩きながら、康介は思った。

仙台の名物なら、たとえば「笹かまぼこ」や「ずんだ餅」といったものもある。しかし、お土産にするのではなく、夕食に食べるとなると牛タンぐらいだろうか。少なくとも、康介は他に知らなかった。

ただ、ひと口に牛タンと言っても、食べ方は様々だ。焼くだけでなく、ハンバーグやシチューにして出すところもある。他に、煮込みやたたきといった創作料理も豊富であった。

今夜はどうしようかと考えながら天を仰げば、葉の繁ったケヤキ並木が目に入る。まさに青葉通りという名前がぴったりの眺めだ。

ここばかりでなく、仙台の中心部には広瀬通り、定禅寺通りといった、緑豊かで広い通りがある。まさに「杜の都」に相応しい。

仙台を東京になぞらえたとき、市の中心部は都心に当たると述べた。しかし、都心にここまで広く、尚かつ緑豊かな通りなどあるだろうか。ビルも高層のものは少ないから、昼間なら木の枝が青空に映え、木漏れ日も眩しいに違いない。

だからこそ、駅前付近を歩くときに、東京を離れて遠くへ来たという実感が得られるのである。

加えて、すれ違うひとびとの印象も、東京とは異なっていた。特に女性を目にすると、違いを感じる。

別に、地方だからと軽んじているわけではない。だいたい、東京とて地方出身者の坩堝なのだ。それこそ仙台からだって、大勢が東京へ移り住んでいるであろう。

ただ、人間はいつの間にか、その地にあった雰囲気や身なりに染まってゆくものだ。どこにでもある場の作用であり、都会人だって田舎に馴染めば、そこの人間になってしまうのである。

都心と比べれば、仙台の女性たちは全体として、確かに垢抜けない印象がある。そのぶん純粋であり、素朴であり、真面目と言える。その地に暮らす力強さのようなものを、康介は彼女たちに感じるのだ。

かつて仙台を訪れた昭和の文豪が、この地には美人がいない旨の発言をしたという。そのせいもあってか、仙台は不美人の街という有り難くないレッテルを貼られているらしい。

最初に仙台へ来て、今と同じように青葉通りを歩きながら、康介もかの文豪と同じ印象を抱いた。それは十年以上も前のことであるが、都心ならたびたびすれ違う目を惹かれるような美女が、ほとんど見られなかったためだ。

ただ、そう感じたのは彼女たちの素朴さゆえ、美しさが目立たなかっただけなのだと今はわかる。それに、康介自身、それほど真剣に女性たちを観察していたわけではない。当時はまだ、晶子が生きていたからだ。

今は、単なる美醜ということではなく、魅力的だと感じる女性をそこかしこに見かける。もっともそれは、新潟で美しい人妻と、濃密な一夜を過ごしたことと無縁ではあるまい。

妻を亡くして以来の情交は、康介の意識に多大な変化をもたらした。操を立てたつもりはなかったけれど、幼いときから一緒だった晶子に、無意識に遠慮するところがあったようだ。

ところが、一度殻を破ったことで、目の前に新しい世界が開けたのである。

決して晶子を蔑(ないがし)ろにするわけではない。彼女の記憶を胸に抱いたまま、女性に対して自由になれる確証を手に入れたのだ。

異性関係については、これまでは積極的になれないばかりか、むしろ遠ざけていたきらいがある。それが、来るものは拒まずという気持ちになれた。

ここまで変われたのは、佳代という魅力溢れる女性に出会えたおかげであろう。妻の死を乗り越え、機が熟していたのも確かながら、麗しの人妻によって女性の素晴らしさを再認識できたのだ。

だからこそ、仙台の街ですれ違う女性たちも、これまでと違って新鮮な気持ちで眺められる。愛おしさを感じるのも当然だ。

とは言え、手当たり次第にナンパをするまでには開き直れない。康介はもともと女好きでも、軽い性格でもなかった。

(佳代さん、元気かな……)

夕刻の風に吹かれながら、新潟の人妻をふと思い出す。夫の再就職が決まり、彼女はお礼と感謝の手紙をしたため、会社宛に送ってきたのだ。また新潟にいらしたときには是非と、儀礼的とも親愛の情ともとれる文言も書き添えてあった。

康介は、それに返事を書いていない。

佳代とは、あの夜限りの関係なのだ。未練を引きずったら、彼女にとっても自分にとっても、何ひとついいことはない。あれは甘美な思い出として、胸にしまっておけばいいのである。

そう考えて、二度と連絡は取るまいと決心したのだ。

ただ、今後も新潟へ赴くことはあるだろう。その折に顔を合わせることがあるかもしれない。あのへぎそばの店にも寄ってみたいし、そこでまだ彼女が働いていたら、お互いに懐かしむことになるのではないか。

そのときはそのときとして、今は期待など持つことなく、己の生活を全うすればいい。何か運命的なものがあるのなら、邂逅が遂げられるはずだから。

人妻の面影を脳裏から消し去り、康介は夕食のことを考えた。

（どこらへんを探してみようかな……）

青葉通りは、謂わばビジネス街だ。飲食店はほとんどない。

食べ物屋を探すなら路地に入るか、他の通りへ行ったほうがいい。また、仙台駅内には専門店の並ぶ「牛たん通り」があった。そこには「すし通り」もある。

だが、駅の中よりは、街の雰囲気や匂いが味わえるところがいい。

仙台市内は何度も歩き回っている。気分も改まったことだし、今日はこれまで足を踏み入れていないところへも行ってみよう。

そう考えて、康介は青葉通りから北側へ進んだ。以前調べたとき、広瀬通りと定禅寺通りのあいだに牛タンの店が多くあったのを思い出したのだ。

広瀬通りも広く、ケヤキ並木が美しい。眺めは青葉通りとそう変わらない。ただ、建物はより低層になっている感があった。

その、さらに北側にあるのが定禅寺通りだ。

片側三車線と、こちらも広い定禅寺通りは、道路の真ん中にも歩道がある。ケヤキ並木を眺めながら、道の真ん中を散策できるのだ。

そこにはベンチもあり、仙台の街の雰囲気を味わうには絶好の場所だろう。地の利もよく、イベントも多く開催されるようである。

並行する広瀬通りと定禅寺通りのあいだには、いくつもの通りや路地があった。

メインストリートのようにひと目を惹くことはないが、飲食店や商店が所狭しと並ぶそこは、ひとびとの暮らしが味わえるところだ。そういう街の眺めは、東京も仙台も変わりがない。

そのうちのひとつ、名前も知らない小路を、康介はゆっくりと歩いた。

やはり名物だから、牛タンの店がちらほら見える。しかし、そればかりではない。様々な飲食店、居酒屋、スナックなども並んでいた。

雑多な雰囲気ゆえ、他人行儀さはない。余所(よそ)から来た人間には、あまりかまわれていない気がして、むしろ居心地がよかった。

（べつに牛タンじゃなくてもいいかもな）

仙台へは、今後も足を運ぶはずである。たまには普通の酒場に入り、地元の食材で一杯やるのもいいかもしれない。

そんなふうに思うのは、新潟の蕎麦屋で珍しく飲んだことが、人妻とのアバンチュールのきっかけになったからだろうか。

とは言え、今夜もあわよくばと、期待があったわけではない。たまには飲むのもいいなと、その程度の気持ちからである。

（日本酒がなかなか美味しいっていうのもわかったしな）

仙台にも名酒があるのではないか。酒が揃っていそうな飲み屋に入り、訊いてみればいいだろう。

そうやって、目当ての店を変更し、改めて看板を眺めていると、

「康介さん――」

不意に名前を呼ばれてビクッとする。

「え？」

振り返った康介は、さらなる驚愕に襲われた。予想もしなかったことに、その場で動けなくなる。

（……晶子？）

そこに、亡き妻がいたのである。

いや、死んだ人間がいるはずがない。こちらを真っ直ぐ見据えている女性は、見た目も年齢も背格好も、亡くなった当時の妻そのものである。しかし、まったく別人なのだ。

そして、彼女が誰であるのか、ようやく理解する。

「……章子ちゃん？」

名前を呼ぶと、彼女はやれやれというふうにため息をついた。

「久しぶりね、お義兄さん」

ちょっと厭味っぽく目を細めたのは、亡き妻の妹、章子だったのである。

2

章子は晶子の六つ下である。今は三十三歳のはず。晶子が亡くなった年よりひとつ下だ。

晶子とは幼なじみなのだから、当然ながら妹の章子のこともよく知っている。ただ、年が離れていたため、一緒に遊ぶことは滅多になかった。

むしろ、康介にとっては、少々扱いづらい相手でもあった。何しろ、晶子との結婚を唯一反対したのは、章子だったのである。

「それにしても、全然気づかないなんてね」

高級感のある牛タン屋に入って注文を済ませるなり、章子が開口一番言った。

「え、気づかないって？」

きょとんとする康介に、彼女があきれた眼差しを浮かべる。

「お義兄さん、もう仙台には何回も来てるのよね？　今年に入ってからも、たしか二回目じゃない？」

「あ、うん……」

「なのに、どうしてあたしに連絡しないの？　あたしが仙台にお嫁に来たこと、ちゃんと伝えたわよね。結婚式にも来てくれなかった薄情なひとだけど、住所も電話番号も教えてあったはずだけど」

ちょっと厭味っぽい、ねちねちした言い方は相変わらずだ。

それこそ子供時代から、章子は康介に対して、いつもこんな態度を見せていた。おそらく、姉を取られた悔しさのせいだろう。

単に結婚したからではあるまい。ふたりが付き合っていたものだから、章子はずっと蚊帳（かや）の外に置かれてきたのだ。要は除（の）け者、いや、いっそ邪魔者扱いにされた気分を味わったのではないか。

もしも彼女たちが年の近い姉妹だったら、章子も姉の彼氏に対して、妬（ねた）ましさを覚えることはなかったであろう。けれど、年が離れていたため、章子は晶子を何かと頼りにしたし、とてもなついていた。小学校を卒業するまで、同じベッドで寝ていたというからかなりのものである。

ところが、そんなにも大好きなお姉ちゃんが余所の男と仲良くし、さらに結婚までしたのである。康介のことを恨んでもおかしくはなかった。

実際、晶子との結婚が決まると、当時中学生だった章子はぶんむくれた。それまでも面と向かって悪口を言われたことはあったが、こんな甲斐性のない男でいいのかとか、本当に相応しい相手か考えるべきだとか、辛辣（しんらつ）な物言いで文句をつけたのだ。

もちろん、子供の一方的な主張が通るはずがない。結婚式は予定通り挙げられた。

そのとき、章子は高校生になっていた。式の写真を見返しても、すべてふくれっ面（つら）で写っていたから、少しも納得していなかったことが窺（うかが）える。

結婚後に帰郷したときには、康介は晶子の実家も訪れた。章子の態度は相変わらずで、その間だけでも康介から引き離そうと思ったのか、彼女は姉にべったりとくっついていた。康介は苦笑するしかなかった。

それでも、大人になればひとは変わるものだ。あるときを境に、章子の態度ががらりと変化した。愛想よくとまではならなかったものの、康介に笑顔で接してくれるようになったのである。

あとで、章子に恋人ができたと晶子から聞かされ、康介はなるほどと納得した。その、最初の彼氏かどうかは定かでないものの、章子が結婚したのは晶子が亡くなって一年半が経ってからだった。本当はもっと早く式を挙げる予定だったのに、姉の死で延期したと聞かされた。

章子の結婚式には、康介も招待された。けれど、丁重に断った。

べつに喪に服したわけではない。妻を亡くした自分に、結婚を祝う資格があるのかと悩んだのは事実ながら、最も大きな理由は、晶子との結婚を思い出してつらくなる気がしたからだ。正直、泣かずにいられる自信がなかった。

幼いころはそうでもなかったが、成長するにつれ、章子はどんどん晶子に似てきた。見た目など、姉妹だと誰でもわかるほどにそっくりだった。年齢の違いを差し引けば、瓜ふたつだと言えたろう。

それゆえに、章子の結婚式に出席して、晶子を思い出さないはずがなかった。章子の嫁ぎ先が仙台市内だと、もちろん知っている。なのに、この地に来ることがあっても一度も連絡しなかったのは、亡き妻にそっくりな義妹に、会うことがつらかったからである。結婚式に出席しなかったのと同じ理由からだ。

一度、康介が仙台に来たのをどこからか聞きつけた章子が、電話を寄越したことがあった。どうして連絡しないのか、水くさいと、さんざんなじられた。

そのときは、疲れていたし時間もなかったからと言い訳し、今度はちゃんと連絡すると謝って、どうにか許してもらえた。

だが、次の出張のときも、その次のときも、彼女に連絡することはなかった。以後、章子からクレームをつけられることはなかったから、あのときはたまたま知ったのだろうと思っていた。

今回、章子と仙台で顔を合わせたのは、康介にとって寝耳に水の出来事であった。

(章子ちゃんが結婚してから会うのは、初めてなんだよな……)

あの幼くて、生意気だった少女が人妻なのだ。隔世の感を持たずにいられない。

ただ、人妻という言葉が、少しもしっくりこない。見た目は自分の妻とそっくりなのに、中身は昔とまったく変わっていない印象を受けるのだ。

おそらく、彼女自身が醸し出す雰囲気のせいで。

「……あの、おれが仙台に来てるって、どうしてわかったんだい？」

怖ず怖ずと訊ねると、ギロリと睨まれる。康介は思わず首を縮めた。

ただ、妙に懐かしかったのも事実。

（おれのこと、よくこんなふうに睨んでたよな）

姉を取られたくないという気持ちの滲み出た、子供っぽい目つき。そんな顔をされると、ますます昔と変わっていないと思える。

「前に、お義兄さんに電話したことがあったわよね？　仙台に来たのに、どうして連絡しないのかって」

「う、うん」

「あれ、お義兄さんが仕事で来てる工場に、知り合いがいるからわかったのよ。それで、もしもまた来る予定があったら、事前に連絡してほしいって頼んでおいたの。だから、これまでもお義兄さんがいつ仙台に来てたのか、あたしはちゃんとわかってたのよ」

前もって手を回していたというのか。そういう周到さは、姉である晶子にはなかった部分だ。長女ゆえか、おっとりした性格だったから。

「で、いつ連絡してくれるかなって、あたしは心待ちにしてたのよ。いつでも仙台を案内してあげるつもりで。だけど、全然連絡をくれなかったじゃない。これってつまり、あたしを避けてるってことよね？」

「いや、避けてるつもりは――」

弁明しかけたものの、また睨まれて口をつぐむ。そんなつもりはなくとも、とった行動そのものは、会いたくなかったと取られても仕方のないものだ。

「ただ、避けられてそのままにしておけるほど、あたしはおめでたい人間じゃないの。だから、こっちから押しかけてやることにしたのよ。どこのホテルに泊まってるか工場の知り合いから情報をもらって、たぶん夕食は近くで外食だろうなって思ったから、ホテルから出てくるのを待ってあとをつけたの」

「え、それじゃ、ずっと後ろにいたの？」

「そうよ。青葉通りを、アホみたいな顔してぶらぶらしてたときも」

相変わらず口が悪い。

「あたし、お義兄さんがどこで夕食を食べるのか決めるのを待って、声をかけようと思ってたの。なのに、ただ歩いてるだけで、全然決めようとしないんだもの。やっとそれっぽい通りに入ったと思ったら、また悩んでるみたいだったし。優柔不断なのも大概にしてほしいわ」

勝手にあとをつけて責められても、こっちが困る。だったら、早く声をかけてくれればいいのに。

「それにしても、あたしがずっと後ろにいたのに、お義兄さんってば、まったく気づかないんだもの。いくらなんでも鈍すぎない？」

辛辣な言葉に、康介は黙って肩をすぼめた。

どこで食べるのか決めるのを待っていたと言いながら、この牛タン屋へは章子が誘ったのである。ここがいいと半ば強引に。康介はやむなく従ったのだ。まあ、地元の人間のお勧めなら、間違いないだろうとは思ったけれど。

和の趣の店内は、なかなか雰囲気がある。残念ながら座敷席が空いておらずテーブル席だが、それでも美味しいものが食べられそうだと、内心わくわくしていた。

ともあれ、

（ていうか、章子ちゃんはそこまで暇なのかよ）

ストーカーじゃあるまいし、ホテルを出るのを待ってずっとつけていたなんて、尋常ではない。ただ、そこまでするということは、連絡を取らずにいたことを、それだけ怒っているのだろう。

そのとき、注文したものが運ばれてくる。牛タン焼きに牛タンのたたき、それから生ビールが。

「あとのお料理は、牛タン入りソーセージと牛タンシチューでしたね。もう少々お待ちください」

料理をなるべくまとめて持ってきてほしいと頼んだからだろう、店員が丁寧に断りを入れる。

「わかりました」

章子が了承し、中ジョッキを掲げる。

「じゃ、乾杯」

「あ、うん」

康介も戸惑いつつ生ビールを持ち、彼女のジョッキと軽くぶつけた。

（……姉妹でも違うものだな）

妻の妹がコクコクと喉を鳴らすのを、康介はぼんやりと眺めた。晶子も下戸ではなかったが、ここまで美味しそうに飲むことはなかったのだ。

「ぷはー」

章子が大きく息をつき、白い歯をこぼす。ようやく見せてくれた笑顔に、康介はホッとした。

（いつもこういう顔をしてくれればいいのに）

年の離れた義妹にさんざん罵られ、すっかり立場を無くしていたのだ。

「やっぱり牛タンには生ビールよね」

などと言いながら、まだ肝腎の料理を口にしていないのである。まあ、これから食べることを前提に言ったのかもしれない。

（飲めれば何でもいいみたいだな）

思ったものの、余計なことを言ったら機嫌を損ねるだけだ。ここは黙っているのが得策である。

「さ、食べて。ここの牛タンは最高なのよ。あたしのお勧め」

「うん……いただきます」

康介は箸を手にし、まずは牛タン焼きから口に入れた。歯を立てるなり、

（おお、これは――）

と、感動を覚える。

牛タンは、仙台に来たときはもちろん、専門店以外でも焼き肉屋などで、数え切れないほど食べている。けれど、そのすべてで満足できたわけではない。

最初に落胆させられるのは、やはり歯ごたえだ。独特のコリッとした食感が牛タンの肝なのに、ゴムみたいで噛みきれないこともあれば、逆に軟らかすぎることもあった。そうなると、歯を立てた時点で食欲が失せる。

スジがあってなかなか咀嚼できず、飲み込めなくて閉口したこともあった。特に大きくカットされたものにありがちだ。だったら最初から食べやすい大きさにしてくれればいいのにと、顎が痛くなるほど格闘しながら思ったものだ。

もちろん、風味も重要である。生ぐさかったり、味付けがしつこくて牛タン本来の味が損なわれていたりすることもあった。

だが、ここの牛タンは見事だ。歯ごたえがあるのに噛み切りやすく、しかも口の中でとろける感じすらある。大きさも程よく、食感をしっかり愉しめる。

味もいい。塩コショウの加減が絶妙で、それが肉汁と溶け合って口いっぱいに広がるのだ。これぞ牛タンの王道と、褒め称えたくなる。

(なるほど。これはビールに合うな)

康介はジョッキに口をつけて喉を潤すと、牛タンのたたきにも箸をのばした。

こちらは、外側はカリッとして、中はジューシー。肉汁がじゅわっと広がる感じと、とろける食感が牛タン焼き以上に素晴らしい。たっぷりと添えられている刻みネギが肉の生ぐささを消し、風味もよくしてくれる。

（ああ、旨い。最高だ）

　これまで食べた牛タンの中で、ベストなのは間違いない。康介は素直に兜を脱いだ。

「うん。本当に美味しい。いいお店に連れてきてくれてありがとう」

　礼を述べると、章子がくすぐったそうに頬を緩める。

「喜んでもらえてよかったわ」

　そう言ってから、身を乗り出してくる。

「ちゃんとあたしに連絡を取っていれば、こうして美味しいものが食べられたの。お義兄さんは、今まで人生を損してたのよ」

　大袈裟（おおげさ）なと思ったものの、大して美味しくもない料理にお金を払ったことがあったのも事実。やはり知っている人間に教えてもらうべきなのだ。何事にも先達はあらまほしきことなり、である。

「ごめん。確かにそのとおりだと思う。ただ、章子ちゃんに連絡しなかったのは、決して避けていたわけじゃ——」

　弁解しようとしたが、またも睨まれる。ここは謝るしかないかと、康介は頭を下げた。

「悪かった。言い訳なんかするべきじゃないよね。おれが章子ちゃんを嫌な気分にさせたのは事実なんだし」

するると、章子がうんざりした顔で肩をすくめる。

「お義兄さん、やっぱり鈍いのね」

「え？」

「あたしの気持ちなんて、これっぽっちも理解してないんだもの」

訳がわからず戸惑う康介に、彼女はいきなり話題を変えた。

「ところで、あたしの今の名前って、お義兄さんはわかってるの？」

「え、名前？」

「名前っていうか、苗字だけど」

咄嗟（とっさ）に出てこなかったものだから、康介は目をパチパチさせた。神部（かんべ）という旧姓は、すぐに思い出せたのであるが。

（ええと、確か結婚式の招待状に……）

ちゃんと書いてあったはずだが、ろくに目を通すことなく、断りの葉書を返送したのだ。新郎の名前など気にもしなかったし、憶えているはずがない。

「やっぱりね」

嘲りの眼差しを向けられ、立場を無くす。康介はまたも「ごめん」と謝った。

「庄子(しょうじ)っていうの。庄屋の庄に子供。庄子章子が、今のあたしの名前よ」

答えてから、章子は自虐的な笑みをこぼした。

「仙台にはけっこうある苗字なんだけどね、庄子って。だけど、フルネームだと間が抜けてるのよ。『しょうじ・しょうこ』って読み方もそうだし、見た目でもどっちが名前かわからないじゃない。ひとりでも漫才コンビみたいだって、昔の友達にはよくからかわれるわ」

なるほど、確かにそうかもと思ったが、ヘタにうなずいたら気分を害するかもしれない。康介は、

「いや、そんなことはないよ」

と、とりあえず否定の立場を取った。

「いいのよ、べつに。同情してくれなくたって。あたしにとってはそんなことよりも、お義兄さんがあたしを全然気にかけてくれないことのほうが、泣きたいぐらいに悔しいんだから」

恨みがましげな目つきに、心からそう思っているのだとわかる。だが、康介にしてみれば、いったいどうしてという気持ちが強い。

(おれが気にかけないのが、どうして悔しいんだ?)

章子は妻の妹――義妹であるが、それ以上でも以下でもない。肉親ではなく、単なる姻戚関係だ。

ましてて、あれだけ結婚に反対していたではないか。むしろこちらを気にかけていなかったのは、彼女のほうだとも言える。

「ねえ、お義兄さんがあたしを避けてたのは、あたしが姉さんに似てて、姉さんを思い出すのがつらかったから?」

真剣な表情での問いかけに、胸がズキッと痛む。

「……うん。そうだね」

仕方なく認めると、章子が納得したふうにうなずいた。

「そうよね……その気持ちは、よくわかるわ。あたしも、どんどん姉さんに似てきたなって、自分でも思うから」

そう言って、彼女がいきなり目を潤ませたものだから、康介は驚いた。

「え、章子ちゃん――」

「つまり、あたしは鏡を見るたびに、姉さんを思い出すってこと」

悲しげな顔を見せられ、胸が熱いものがこみ上げる。

「あのね、お義兄さんのつらい気持ちは、よーくわかるわよ。最愛の妻を亡くしたんだもの。悲しむのは当然だわ」

「……うん」

「だけど、悲しいのが自分だけだなんて思わないで」

涙目で見つめられ、康介も泣きそうになった。

「あたしだって、姉さんが死んで悲しかったし、つらかったのよ。だから、姉さんのことを、お義兄さんとたくさん話したかったのに……悲しいこともふたりで分かちあえば、そんなに苦しまなくてすんだはずなんだもの」

その通りだと、康介は今さら痛感した。

妻を亡くして、自分だけが悲劇の主人公にでもなったつもりでいた。けれど、悲しんだ人間は、他にも大勢いる。章子もそうだし、晶子の両親や友人たちだって、きっとそうだったのだ。

「……たしかにそうだね。おれは晶子がいなくなって、自分の一部がすっぽり抜け落ちたみたいな気がしてたけど、それはきっと、章子ちゃんも同じだったんだよね。ごめん……おれは、そこまで考えてあげることができなかったんだ」

義兄なのに、と、年上のくせにまったく不甲斐ないことが嫌になる。彼女が結婚を反対したのも当然だったのかもしれない。

「ま、わかればいいんだけどね」

章子が得意げに腕組みをして、胸を反らす。生意気な態度は昔と同じながら、そこにひそむ優しさを、康介は感じ取っていた。

(さっきからおれを責めてるようだけど、実はおれがあまり落ち込まないようにって、気を遣っているんだよな)

昔と変わらぬ明け透けな物言いは、彼女なりの思いやりなのだ。

そこへ、残りの料理が運ばれてくる。

「さ、これも食べて。シチューもソーセージも、熱々のうちがおいしいんだからね」

「うん、いただきます」

「ビールもたくさん飲んでね。お義兄さん、あまり飲まないみたいだけど、たまにはいいでしょ？　あと、食べたいものがあったら言って」

「ありがとう。うん。シチューもいいね。肉がすごく柔らかいし、味が中心まで染みてるよ」

「でしょ？　そうそう。締めはテールスープと、麦飯にとろろだからね。今日は最後まで、しっかり付き合ってもらうわよ。これまでのぶんも合わせててね」

「わかった。もちろん付き合うよ」

答えると、妻そっくりの義妹が、嬉しそうに口許をほころばせた。

3

思いがけず章子と再会したことは、康介にとっても大いに喜ばしいことであった。

食事をし、晶子の思い出など語り合って、気持ちもずいぶん楽になった。章子が言ったとおり、胸に秘めていた思いをふたりで分かち合ったことで、いっそう前向きになれたようである。

また、生意気で扱いづらかった義妹が、実は思いやりがあってチャーミングで、素敵な女性であることもわかった。見直したなんて言うと、そんなに酷い女だと思っていたのかと、彼女は気分を害するであろうが。

けれど、これまでの印象が、がらりと変わったのは間違いない。

話をしながら、章子が亡き妻によく似ていることを、康介は何度も実感させられた。

顔立ちばかりでなく、ちょっとしたしぐさや口調にも、ハッとさせられたのである。

それでいて、晶子と一緒にいるような錯覚に陥らなかったのは、章子自身の魅力や個性に気づかされたからだ。似ているところを発見することで、矛盾するようながら、ふたりが違うことを強く認識させられた。

（これからは仙台に来たら、章子ちゃんに連絡しよう）

そう心に決めたのは、また美味しい店を紹介してもらいたいという、浅ましい気持ちからではない。

いや、もちろんそれもないわけではなかった。けれど、彼女ともっと親交を深めたくなったのである。互いに大切なひとを亡くした者同士であり、義理とは言え兄と妹なのだから。

そう、あくまでもきょうだいのつもりでいたのだ。

心ゆくまで飲んで食べ、康介は大いに満足して牛タン屋を出た。

「いやあ、美味しかった。いい店だね。仙台に来て、今までで一番だよ」

「喜んでもらえてよかったわ。他にも紹介したいところがあるから、仙台に来たらちゃんと連絡してよ。できれば前日までにね」

「わかった。約束する」

「じゃ――」

章子が目の前に拳を突き出す。小指だけを立て、

「指切りしてちょうだい」

にんまりと笑みをこぼした彼女は、目許を赤く染めている。酔っているのだろうか。康介の倍はビールを飲んだのだ。

(しょうがないなあ)

いい年をして気恥ずかしくはあったものの、自分たちは兄と妹なのだ。照れる必要はない。

「指切りげんまん──」

ふたりで声を揃え、勢いよく指を切る。近くを通りかかったひとびとが、怪訝そうにこちらを見ていたが、康介は平気だった。むしろ、子供っぽいしるしを求めた章子に、愛おしさを募らせた。

「あと、さっき言ったことも憶えてるよね?」

「え、なに?」

「今日は最後まで付き合うって話」

確認され、康介は「ああ」とうなずいた。

どうやら、これでお開きではないらしい。彼女ももうしばらく一緒に過ごしたい気分だったから、願ったり叶ったりである。

「もちろん。どこにでも付き合うよ」

「それでこそお義兄さんだわ」

頬を緩ませた章子が、いきなり腕を組んできたものだから、さすがに戸惑う。だが、屈託のない笑顔を見せられ、（ま、いいか）と受け入れた。これも気持ちが通じあったからなのだ。

（だけど、どこへ行くのかな？）

お腹はふくれているから、飲みに行くつもりなのか。ビールの飲みっぷりからして、かなりお酒が好きそうである。

しかし、付近のよさそうな酒場の前を次々と通り過ぎたから、違うのかもしれない。あるいは、離れたところに行きつけの店があるのだろうか。

（いや、腹ごなしの散歩をするだけなのかも）

そう考えたのは、定禅寺通りに出たからだ。道路の真ん中にある歩道へ足を進め、ケヤキ並木の下をふたりでゆっくりと歩く。

「ここ、いいでしょ？」

同意を求められ、康介は「そうだね」とうなずいた。そのくせ、目を合わせられずに顔を前へ向けたのは、彼女のかぐわしい吐息を嗅いで胸が高鳴ったためもあった。

（まったく、何を考えているんだよ）

義妹に色気を感じた自らを叱りつける。いくら妻に似ていても、女として見るべきではないのだ。義理のきょうだいなのはもちろんのこと、彼女は人妻でもあるのだから。

もっとも、すでに新潟で、人妻と親密な関係を結んでいる。今さら聖人君子ぶっても遅い。

だからと言って、章子にまで邪な感情を抱いていいはずがなかった。

とにかく冷静になれと、昂ぶる気持ちを抑え込もうとする。ところが、彼女がいっそう身をすり寄せてきた。

「あたし、仙台へお嫁に来て、この場所が一番気に入ったの」

甘えるような口調で言われ、ますますときめく。

（くそ、可愛いなあ）

三十三歳だから、可愛いと言われるような年ではないのかもしれない。けれど、実際にそう感じたのだ。幼いころから知っているためもあったろう。

「なんて、ありきたりかしらね」

「いや、おれもここは、いいなあって思うよ」

同意すると、はにかんでほほ笑む義妹。心臓の鼓動が少しもおとなしくならない。

(久しぶりに会って、旧交を温めてうれしくなったから、甘えているだけなんだ。それだけなんだぞ)

康介は歩調よりもゆっくりと呼吸し、気を落ち着かせようとした。そして、どうやら動悸(どうき)がおさまったところで、

「こっちよ」

章子が進む方向を変える。定禅寺通りから路地へ入った。

(え、散歩じゃなかったのか?)

やはり目的の店があったのかと思えば、しばらく進んで彼女が足を止めたところは、飲み屋ではなかった。

「ここに入りましょ」

その建物を見あげ、康介は驚きのあまり固まった。

(ここって――)

高い塀で一階部分がぐるりとガードされた、四階建てほどの物件。派手な看板が夜でも目立っている。

間違いなくラブホテルだ。

（章子ちゃんはおれと……寝るつもりなのか？）

いや、そんな馬鹿なとかぶりを振りかけたとき、

「ほら、こっち」

強引に引っ張られ、康介は塀の内側へと足を踏み入れた――。


（ここが……）

妙に余所余所しい室内を、康介は虚ろな目で見回した。

大きなベッドが支配する部屋は、予想したほど猥雑な雰囲気ではない。壁の色やカーペットが淡い色で統一され、それはリネン類も同じだからだろう。

とは言え、そこがセックスのための場所であることに変わりはない。

ロビーで部屋を選ぶあいだも、エレベータに乗り込んだあとも、康介はほとんど茫然自失の体であった。ただ章子に従って、部屋まで来たのである。

ぼんやりしているのは、今も変わらない。地に足が着いていないというか、現実感を失っていた。目に映るものすべてが、夢の世界のようであった。

「どうしたの？」

その問いかけで、ようやく現実に引き戻される。

「あ――章子ちゃん、どうしてこんなところへ？」

間の抜けた質問だと、自分でもわかっていた。彼女のほうも、あきれた表情を浮かべている。

「どうしてって、お義兄さんとセックスするためよ」

ストレートすぎる返答に、康介は絶句した。

年上の男の反応を見極めたあと、章子が服を脱ぎ出す。ためらいもなく肌を晒し、女の色香を晒してゆく。

（嘘だろ……）

彼女もひとりの女なのだと、思い知らされる心地がした。

シンプルなデザインの下着のみになった義妹が、甘える猫みたいに身をすり寄せてくる。甘い体臭にもまとわりつかれ、康介は頭がクラクラするのを覚えた。

そのとき、彼女がどうしてこんなことをするのか、ひとつの理由が閃く。

「章子ちゃんは、おれに同情してるのかい？」

「え？」

「おれが、晶子を亡くして悲しんでいたから、身代わりとして抱かれるつもりなんじゃや――」

　すべてを言い終わらないうちに、章子が哀しみをあらわにしたものだから、康介は口を閉じた。

「……あたしは、同情でセックスするような女じゃないわ」

「だったら、どうして？」

「あたしがしたいからするの。他に理由なんてないわ」

　彼女が爪先立ちになり、首っ玉にしがみつく。唇を重ねられ、康介はまたフリーズした。

（……章子ちゃんとキスしてる）

　その事実を認識するなり、胸に衝動がこみ上げた。今すぐ抱きたい、結ばれたいという、荒々しい欲望だ。

（この子がしたがっているんだ。それでいいじゃないか）

　それに、康介自身も彼女が欲しくなっている。

　腕を背中に回し、なめらかな肌を撫でる。すると、彼女が歓迎するように身をくねらせた。

「んふ」

　小さく息をこぼし、唇に舌を割り込ませる。温かな唾液をまといつかせたそれは、難なく侵入を遂げた。

唇の裏や歯並びをヌルヌルと辿られ、官能的な気分にひたる。歯を開くと、さらに奥へ入り込んできた。

(ああ、素敵だ)

かぐわしい吐息と甘い唾液にもうっとりさせられる。

牛タンを存分に食べたあとで、女性の舌を味わうのは妙な気分だ。つい歯を立てそうになる。コリコリして、いかにも美味しそうだからだ。

とは言え、本当に食べるわけにはいかない。康介も舌を深く絡ませ、感触のみを愉しむ。味わうのはタレ代わりの、トロリとした唾液だ。

口許がベタベタに濡れるほど、舌をねちっこく戯れさせる。唇が離れると、ふたりは同時に大きく息をついた。

「章子ちゃんの舌、牛タンよりも美味しいよ」

冗談めかして言うと、「バカ」となじられる。すでに迷いは消え、康介はこのまま進む心づもりになっていた。

「お義兄さんも脱いで」

などと言いながら、彼女が服を脱がせてくれる。康介はされるままになった。

（こういうの、久しぶりだな……）

晶子が亡くなってからは、初めてである。もっとも、夫婦の営みのときに、いつも脱がされていたわけではない。彼女はそこまで積極的ではなかった。

章子は、最後の一枚には手をかけなかった。

ブリーフ一枚の姿になった康介は、今度は自分から義妹を抱き締めた。肌の温みと柔らかさを全身で感じて、身悶えしたくなる。

（ああ、いい感じ）

艶肌をまさぐり、唇を奪う。舌を深く絡ませながらベッドのほうへ移動し、クッションがよく利いたそこへ一緒に倒れ込んだ。

「お義兄さん……」

潤んだ目で見つめられ、胸が高鳴る。それは初めて晶子と結ばれたときに見せられた表情と、まったく同じだった。

「章子ちゃん」

愛しさに駆られて名前を呼び、乳房を守る下着に手をかける。背中のホックをどうにかはずすと、役目を終えたそれはただの邪魔っけな布に成り果てた。

（……けっこう大きいかも）

つい亡き妻と比べてしまうのは、姉妹だからか。章子の乳房は触れてみると、思っていたよりボリュームがあった。

「あん」

軽く揉んだだけで、なまめかしい声を洩らす。感度良好というふうだ。これは晶子も同じだった。

(ということは、章子ちゃんも——)

向かって右側の乳首をそっと摘まむ。晶子はそちら側がよく感じたのだ。

ところが、章子はそうでもない。ならばと、左側を摘まんで転がすと、切なげに喘いで身をよじった。

(本当に、姉妹でも違うものなんだな)

それゆえに、どちらも愛おしい。

康介は左の乳頭に吸いつき、ほんのり甘い突起を、舌先ではじくようにしながら吸ってあげた。

「ああ、あ、それいい」

章子があられもない声を上げ、半裸のボディを波打たせる。煽情的な反応を目の前にして、康介の分身はブリーフの中で硬くなった。

そこに、しなやかな指が添えられる。

「むふッ」

高まりをそっと撫でられ、康介は太い鼻息を吹きこぼした。ほんのおとなしいタッチなのに、電撃を浴びたみたいに感じてしまったのだ。

「大きくなってる……」

事実を指摘されたのに、耳が熱くなるほどの羞恥にまみれる。

幼なじみである妻の妹で、小さい頃からの顔見知り。そんな彼女に、欲望の証しをさわられたのだ。

康介の脳裏には、幼い章子が浮かんでいた。姉を取られたくなくて、生意気で反抗的な態度を示していたころの面影が。

あの子がここまで成長し、今はひとりの女として触れ合っている。そのことにも、戸惑いと照れくささを覚えずにいられなかった。

そんな内心を悟られたくなくて、音を立てて乳首を吸いねぶる。すると、対抗するかのように、彼女が牡の猛りを強く握った。

「もう、赤ちゃんみたいに……こっちはオトナだけど」

やるせなさげになじり、ブリーフ越しに勃起を摩擦する。快感が高まったことで、康介の舌づかいもねちっこくなった。

「あん、やだぁ」

章子が艶めいた声を洩らし、腰をくねらせる。アルコールの作用もあるのかもしれないが、かなり高まっているようだ。

ならばと、おっぱいに口をつけたまま、手を中心へと移動させる。むっちりした太腿をさすってから、付け根のデルタゾーンに指を忍ばせた。

(やっぱり濡れてる……)

秘苑に喰い込む薄布は、温かく湿っていた。柔肌は幾ぶん汗ばんでいる様子ながら、これは汗ではない。

事実、指を恥裂に沿ってすべらせると、章子が腰回りをビクビクとわななかせたのである。

「あ、あっ、ダメぇ」

それ以上の悪さを阻むように、内腿をぴったりと重ねる。しかし、それですべての隙間を無くすことは、女体の構造上不可能だ。

(本当に感度がいいんだな)

康介は指先でほじるようにして、女芯を執拗に愛撫した。クロッチがいっそう蜜を吸い、かすかな粘り気さえ感じられるようになる。

「くぅーン、ん……あああ、いやぁ」

鼻にかかったよがり声が、ますますいやらしくなる。乳首もしゃぶられ続けているから、悦びもひとしおなのではないか。

そして、愛撫だけでは物足りなくなったらしい。

「ね、お義兄さん」

涙声で呼びかけ、布に包まれたペニスをねだるようにしごく。これが欲しいと、口に出すことなく訴えた。

ひとつになりたかったのは、康介も同じだ。乳頭から口をはずすと、そこは赤みを帯びてふくらみ、存在感を際立たせていた。

（よし）

からだを起こし、最後の一枚に手をかける。章子は恥じらって顔を両手で隠したものの、待ちきれないというふうに腰を浮かせた。

おかげで、難なくパンティを奪い取ることができた。

白さの際立つ下腹に、秘毛が散らばるように逆立っている。そこからたち昇る蠱惑(こわく)的な酸味臭を嗅ぐなり、新たな衝動が胸に湧きあがった。

（章子ちゃんの、舐めたい――）

彼女のあられもない匂いと味を確かめたくなったのは、新潟の人妻のそこをねぶった記憶が蘇ったからか。いや、その影響は確かにあったかもしれないが、純粋に義妹のすべて知りたくなったのだ。

膝を大きく離すと、章子が「ああ」と嘆く。恥ずかしいところを暴かれ、イヤイヤと頭を左右に振った。

それでいて、ややくすんだ色合いの秘割れは、合わせ目を蜜汁できらめかせていたのである。

（ああ、こんなに……）

その部分は、記憶にある妻の秘苑と似ていた。叢の生え方から、花びらのはみ出し具合まで。やはり同じ遺伝子を受け継いだだけのことはある。

それから、たち昇る淫らがましい秘臭も、共通しているようだ。

とは言え、晶子のあからさまな匂いを嗅いだことは、実はあまりない。彼女はセックスの前に必ずシャワーを浴びるタイプだったし、そうでないときは、当然クンニリングスなど許さなかった。

康介が知っているのは、ふざけて押し倒し、下着の股間に顔を埋めたときのものである。それですら、晶子は涙目で抵抗したのだ。

妻で知り得なかったものを彼女の妹で確かめるなど、いささか、いや、かなり悪趣味であることは否めない。けれど、昂奮の極みにあった康介に、自らを省みる余裕はなかった。

あらわに晒された牝芯に、康介はためらうことなく顔を埋めた。

「え？」

その瞬間、章子が戸惑った声を洩らす。何が起こったのか、すぐにはわからなかったのだろう。

それでも、康介がこもる淫香を深々と吸い込んだことで、ようやく理解できたようだ。

「キャッ、い、イヤっ！」

悲鳴がほとばしり、裸身が暴れる。ずり上がって逃げようとする艶腰を、康介はがっちりと摑んで離さなかった。

（ああ、これが――）

いささかケモノじみた、生々しい性器臭。熟成されたチーズの趣に加え、子供っぽいオシッコの匂いも混じっている。牛タン屋でかなりビールを飲み、トイレにも二度ほど立ったのだ。

「や、やめてよっ。そこ……く、くさいんだからぁ」

章子が声高に罵り、両脚をバタつかせる。一日分の汗や分泌物を溜め込んだそこが、どれほど強い匂いを放っているのか自覚しているのだ。だからこそ、ここまで抵抗するのである。

けれど、愛しいひとの真っ正直なパフュームは、牡の劣情を煽るもの。康介はふがふがと、あからさまに鼻を鳴らした。

「イヤイヤ、やめてよっ！　あ、頭おかしいんじゃないの!?」

なじるだけでなく、踵を義兄の背中に振り落とす。この部屋に入ってから、ずいぶんしおらしくなったと思っていたのだが、横柄で生意気な本質は変わっていなかったようだ。

「ん……章子ちゃんのここ、晶子と同じ匂いがするよ」

感動を込めて告げたところで、彼女がおとなしくなるはずがない。

「な、何よ。姉さんのオマンコも、そんなにくさかったの!?」

公では許されない四文字を口にされ、康介は衝撃を受けた。章子がそこまで露骨なことを言うなんて、とても信じられなかった。

ただ、それゆえに昂奮させられたのも間違いない。

「くさくなんかない。とっても素敵な匂いだよ」

などと言われても、素直に信じられなかったろう。

「なに言ってるのよ。ヘンタイっ！」

と、義兄に容赦なく罵声を浴びせる。年上に対する敬意のかけらもない。それだけの恥辱を感じているのだ。

けれど、康介が湿った恥割れに舌を差し入れ、情愛を込めてねぶることで、抵抗できなくなったらしい。

「あ、ダメぇ」

下半身がガクガクと震え、力を失う。やはり感度がいいのだ。

さらに、敏感な花の芽を吸いねぶられることで、あられもなく乱れる。

「いやっ、イヤ……あああ、そ、そこ、弱いのぉ」

艶っぽく嘆き、腰をくねらせる。かぐわしい女芯が熱く火照(ほて)り、新鮮な蜜をこぼしだした。

ぢゅぢゅッ――。

ほんのり甘いラブジュースを、音を立ててすする。章子は「イヤイヤ」と羞恥をあらわにしながらも、上昇していった。

（ああ、すごく感じてる）

はしたなく身悶える姿に、康介も激しく昂ぶった。舌づかいがねちっこくなり、ふくらんで包皮を脱いだクリトリスを、徹底して責め続ける。

そこは晶子のものより、ひと回りは大きかった。性器の佇まいは似ていても、細かなところで違いがある。これが個性というやつか。

そして、秘核がよく発達しているぶん、性感も豊かなようだ。

唇をすぼめ、ついばむように吸いたてると、腰が上下にはずむ。舌先でチロチロとはじくと、内腿が感電したみたいに痙攣した。

「ああん、そ、そんなにしないでぇ」

章子が涙声で訴え、息をはずませる。かなり高まっているのが、下腹の波打ち具合からもわかった。まさに歓喜の波が押し寄せているかのようだ。

しかし、そのまま昇りつめることは、プライドが許さなかったのか。

「お、お義兄さんのオチンチン、ちょうだい。自分ばっかり舐めるなんて……ああん、フェ、フェアじゃないわ」

フェアじゃないからフェラをするというのか。あけすけな要請は、形勢逆転を狙ってだったのかもしれない。あるいは彼女自身も、牡の正直な味や匂いを知りたくなったのだとか。

　どちらにせよ、康介も快感が欲しくなっていたのは事実。ブリーフの中で脈打つペニスは、多量の先走りをこぼしていた。裏地がじっとりと濡れている感触があったから、見なくてもわかったのだ。

（だったら——）

　女芯に口をつけたまま、慌ただしく最後の一枚を脱ぐ。からだの向きを変え、章子の顔のほうにいきり立つ分身を差し出した。

　そのまま、横臥（おうが）してのシックスナインの体勢になる。

　下腹にへばりつくほど強ばった牡根に、彼女は直（ただ）ちにむしゃぶりついた。ふくらみきった亀頭を口に入れ、ちゅぱちゅぱと舌鼓（したつづみ）を打つ。

　そこを洗っていないのは、康介も同じであった。ただ、ホテルでシャワーを浴びて外出したから、あまり汚れてはいないはず。歩き回ったから、まったく無味無臭ということはないだろうが。

「ううう」

　強ばりを頬張ったまま、章子がもどかしげに唸（うな）る。思ったほど匂いも味もなかったから、悔しいのではないか。

それでも、舌を懸命に動かして、男に奉仕する。秘核を責められていたため、募る快感に抗おうとしたのかもしれない。

当然ながら、康介も歓喜にまみれる。けれどそれは、肉体的なものばかりではなかった。

(章子ちゃんが、おれのを……)

あの生意気だった女の子が、男の不浄の部分を口に入れ、しゃぶっているのだ。背徳感に腰の裏が震え、悦びがふくれあがる。

とは言え、先に果てるわけにはいかない。

片方の内腿を枕にし、章子の股ぐらに頭を突っ込んだ格好で、康介は秘芯に舌を這わせた。ふっくらした尻肉を割り広げれば、谷間にひそむ可憐なツボミを目にすることもできる。

(ああ、可愛い)

排泄口とは思えない眺めに、胸がときめく。歓喜に抗うように、ヒクヒクと収縮する姿がいじらしい。

その付近は蒸れた汗の匂いがあるだけで、プライベートな異臭は感じられない。今はどこのトイレにも洗浄器が完備されているから、彼女も清潔にしているのだろう。

それを残念だなと思っている自分に気がつき、康介は胸の内で苦笑した。

（おれ、匂いフェチにでもなったのか？）

いや、生意気でも愛しい義妹だからこそ、すべてを知りたいし、どんなものでも受け入れられるのだ。

しかしながら、さすがにアヌスを舐めたのはやりすぎだったか。放射状のシワが綺麗に整ったところをひと舐めするなり、章子はかなりの力で太腿を閉じた。

「――ぷは。何してるのよ!?　バカッ！」

ペニスを吐き出し、プロレス技みたいに頭を強く挟む。康介は急いで秘肛の舌をはずした。

「今度やったら、ここ、握りつぶすからね」

牡の急所を摑まれては、従わないわけにはいかない。康介は「ごめん」と謝り、再びクリトリスを舐めくすぐった。

「そ、そうよ、な、舐めるのは、そこだけにしてぇ」

なまめかしい声音（こわね）のお願いに、無言で舌を動かし続ける。まずかったかなと、いちおう反省しながら。

（あのままやってたら、本当にキンタマを握りつぶされたかもな）

章子もフェラチオを再開させたが、陰嚢に添えた手はそのままだ。今は優しくさすって快感を与えてくれるけれど、また肛門を舐められたら、握り込むつもりでいるのではないか。

仕方なく、不埒な欲求を抑え込み、クンニリングスに専念する。ペニスを貪欲に吸われ、快感にひたりながら。

最初こそ抵抗したものの、章子はもともと舐められるのが好きらしい。喜悦に裸身をわななかせ、剛直を収めた口許から喘ぎをこぼす。

「ん……ンふ、むくぅううう」

そのうち、おしゃぶりを続けることが難しくなったようだ。漲りきった牡器官を解放し、ハァハァと息をはずませた。

「だ、ダメ……イッちゃいそう」

唾液に濡れた淫棒をギュッと握り、臀部の筋肉をピクピクさせる。秘割れからこぼれる蜜汁も、白い濁りを帯びていた。

（よし、もうすぐだ）

舌を高速で律動させると、「あ、あああっ」と焦った声があがる。女芯もせわしなくすぼまり、アクメが近いことを訴えていた。

間もなく、

「あ、あ、イク、イッちゃう」

切羽詰まった声が聞こえ、女らしく色づいた太腿が康介の頭を強く挟む。汗ばんだ柔肌が、甘酸っぱい香りを振り撒いた。

「イクイクイク、い——っくぅッ！」

熟れた下半身がガクンと跳ねる。あとは脱力して、深い呼吸を繰り返すだけになった。

（イッたんだ……）

充足感にひたり、康介は義妹の陰部から口を離した。べっとりと濡れたそこは赤みを帯び、はみ出した花弁がハートのかたちに開いていた。

4

ぐったりして仰臥した章子は瞼を閉じ、胸を大きく上下させている。成熟した裸身のどこも隠さず、脚も開き気味だ。

しどけない姿に、欲望がふくれあがる。康介は唾液で湿った分身を雄々しく反り返らせ、彼女に身を重ねた。

「ううん」

瞼が開き、濡れた目が見つめてくる。絶頂後で女の色香が増しており、これまで以上に綺麗だと思った。

「……イッちゃった」

つぶやくように言い、恥じらいの笑みをこぼす妻の妹の、なんと愛らしいことか。

康介は我慢できず、艶めいた唇に自分のものを重ねた。

「ンぅ」

章子がなまめかしく身をくねらせる。背中に腕を回し、慈しむように撫でてくれた。

そのとき、ふと懐かしさを覚える。

(あれ、この感じは――)

何だったかなと考えて、すぐに思い出す。晶子に同じようにされたときも、こんなふうに甘美な心持ちになったのだ。

そのため、さっき以上に舌を絡ませ、唾液をたっぷりと飲み合う。誰とキスをしているのか、見失いそうになりながら。

長いくちづけを終えて唇が離れると、ふたりのあいだに粘っこい糸が繋がった。それだけ熱烈な戯れであった証しだ。

章子が潤んだ目で見つめてくる。

「……ホントに平気だったの？」

掠れ声の質問に、康介は「え、何が？」と訊き返した。

「あたしのアソコ……汚れてたし、く、くさかったのに」

そう言って、クスンと鼻を鳴らす。有りのままの匂いと味を知られた恥ずかしさが、蘇ったらしい。

「そんなことないさ。そりゃ、匂いはあったけど、おれは少しも嫌じゃなかったよ。むしろ素敵だと思ったたし、昂奮したたんだ」

「嘘よ、そんな」

「嘘じゃない。だって、おれのをしゃぶったときにわかっただろ？　本当に嫌だったら、あそこまで元気になってないよ」

証拠を示されては反論できまい。彼女は「うー」と呻き、悔しげに睨んできた。

「そりゃ、お義兄さんはおしりの穴まで舐めるヘンタイだから、くさいオマンコぐらい平気だろうけど」

それは精一杯の逆襲だったのだろう。しかし、自分の言ったことが急に恥ずかしくなったらしく、くしゃっと顔を歪めた。

「もう……そんなことはいいから、は、早く挿(い)れて」

自分から話を振っておきながら、結合を促して誤魔化す。両脚を開いて掲げ、康介の腰に絡ませた。

「わかった」

反り返る肉槍は、穂先が濡れ割れに当たっている。手を添える必要もないほどガチガチに強ばりきったそれを、康介はゆっくりと侵入させた。

「あ、あ、来るぅ」

章子が裸身をワナワナと震わせる。康介の二の腕に、両手でしがみついた。

絶頂するまでねぶられたあとであり、女芯はしっかり潤っている。おかげで、ペニスは抵抗らしい抵抗も受けず、根元まで蜜穴に埋まった。

(ああ、入った)

温かくてねっとりした膣肉が、ペニス全体を包み込む。快さがじんわりと広がり、康介は腰をブルッと震わせた。

「はあー」

章子も大きく息をつく。情欲に蕩けた眼差しで、義兄である男を見つめた。

「しちゃったね……あたしたち」

亡き姉の夫と結ばれたことに、彼女なりの感慨があるのだろう。少なくとも、後悔している様子はない。

「うん、そうだね」

うなずいたことで、康介も実感にひたる。妻の妹と交わっているのに、不思議と罪悪感は湧かなかった。

「お義兄さん、気持ちいい？」

「うん。章子ちゃんの中、温かくてヌルヌルしてて、すごくいい感じだよ」

ストレートな感想を述べると、彼女が「バカ」と恥じらう。しかしながら、

「……あたしも、いい感じなの」

と、素直に告白した。

「え？」

「お義兄さんのオチンチン、大きくてすごく硬いから、挿れられただけで軽くイッちゃった」

はにかんだ微笑が愛おしい。

もっと感じさせたくて、康介は腰をそろそろと引いた。分身を勢いよく戻すと、章子が「きゃんッ」と愛らしい声で啼く。

「気持ちいい?」

訊ねると、彼女は声を震わせて「う、うん」とうなずいた。

「もっとしてほしい?」

「うん。して」

「わかった」

いきり立つ肉茎を、柔穴に抜き挿しする。最初はゆっくりと、徐々に速度を上げて。

「あ、あ、あ、あん、感じる」

悦びを口にする義妹に、康介は情愛を募らせた。

(もっとよくなっていいよ)

思いを込めてピストンを繰り出し、結合部がグチュグチュと卑猥な音を立てるほどに抉る。内部がどんどん熱くなってくるのがわかった。

「いやぁ、は、激し——」

章子がよがり泣き、熟れたボディを波打たせる。たわわな乳房が、ゼリーみたいにたぷたぷと揺れた。

肉棒にまつわりつく媚肉は、ヒダが粒立っている。それが敏感なくびれを刺激して、康介もこの上ない快美を味わった。

（ああ、よすぎる……）

危うくなるとわかっているのに、腰の動きが止まらない。このまま果てるまで抽送を続けたいと、牡の本能が求めていた。

しかしながら、彼女より先に爆発するわけにはいかない。クンニリングスで絶頂させたとは言え、やはりセックスでオルガスムスに導きたかった。

幸いにも、それほど時間をかけずに、女体が高潮へ至る。

「あ、あ、またイク」

裸身が反り返り、膣の締めつけが強くなる。二の腕を摑む手にも、縋るように力が込められた。

「おれも、もうすぐだよ」

息を荒ぶらせて告げると、章子が何度もうなずいた。

「うん、うん……ね、な、中に出して」

「え、いいの？」

「うん。あたしの中で、お義兄さんをいっぱい感じたいの」

健気(けなげ)な台詞(せりふ)に胸が熱くなる。

「わかった。章子ちゃんもよくなって」

「うん……あ、ホントにイク」

肩から胸元にかけてをぷるぷると震わせたあと、彼女は歓喜の頂上へと駆けのぼった。

「イクッ、イクッ、くーーうううううっ！」

義妹の極まった声を耳にして、康介も限界を迎える。めくるめく愉悦(ゆえつ)に意識を飛ばし、ペニスを最奥まで突き入れたところで射精した。

ドクッ、ドクン、びゅくんーー。

熱い滾りがいく度もほとばしる。それを子宮口に浴びた章子が、「ああん」と悩ましげに眉根を寄せたーー。


「どうしておれとしようと思ったの？」

汗ばんだ裸身を寄り添わせ、お互いの肌を撫でながら、康介は気になっていたことを訊ねた。

「お義兄さんのためよ」

章子がさらりと答える。

「え、おれの？」

「そう。お義兄さん、姉さんのことを引きずっていたら、いつまで経っても前へ進めないでしょ。だから、そのきっかけを与えてあげようと思ったの」

「きっかけ……」

「古い恋を忘れるには、新しい恋を始めればいいって言うじゃない。まあ、これは恋とは違うけど、セックスの良さを思い出せば、新しい相手を求める気になれるかなと思って」

前へ進む踏ん切りは、新潟の人妻、佳代と抱き合ったことでついていた。もちろん、そんなことを打ち明ける必要はない。

「そっか……そうだね」

うなずくと、章子が目を細め、悪戯っぽく笑った。

「それに、あたしとセックスをすれば、踏ん切りもつけやすいんじゃない？ なんてったって、妹に手を出したんだもの。しかも、死んだ女房にそっくりな。あとはもう、どんな女としたって、怖いものなしだと思うわ」

冗談めかした物言いも、彼女なりの気遣いであり、思いやりなのだ。そうとわかって、康介は胸が熱くなるのを覚えた。

「……ありがとう、章子ちゃん」

礼を述べられ、章子は照れくさくなったようだ。

「そんな改まらなくてもいいの。あたしとお義兄さんは、この先もずっときょうだいなんだから。きょうだいに遠慮はいらないわ」

「うん、そうだね」

「だいたい、お義兄さんのためだけってわけじゃないんだもの」

「え？」

「姉妹って、妙なところが似ちゃったりするのよね。たとえば、好きになる男のタイプとか」

意味ありげな眼差しを向けられ、康介はうろたえた。

「章子ちゃん、それじゃ――」

「あたしがお義兄さんたちの結婚を反対したのは、姉さんを取られることがイヤだったのは確かなんだけど、それだけじゃないの。お義兄さんを姉さんに取られたくないって気持ちもあったのよ」

唐突すぎる告白に、どんな態度を示せばいいのかさっぱりわからない。つまり、彼女は姉の恋人に、幼い恋心を募らせていたというのか。

困惑する康介に、章子はクスッと笑みをこぼした。

「ま、そういうのは、あくまでも過去のことだから。美しい思い出ってやつ？」

彼女はすでに吹っ切っているようだ。

「正直、多少は未練もあったけど、お義兄さんと気持ちのいいセックスができたから、これで満足よ。もう、すっきり爽快って感じ」

「章子ちゃん……」

「それに、あたしは今の生活を壊すつもりはさらさらないわ。ダンナのことだって愛してるし。だから、お義兄さんとセックスするのは、今日だけなの。この部屋を出たら、普通のきょうだいに戻るのよ。わかった？」

さばさばした口調で言われたものだから尚のこと、本当にそれでいいのかという気持ちにさせられる。

だが、章子が人妻なのは、変えることのできない事実なのだ。杜の都で暮らす彼女たち夫婦の幸福を願う以外に、康介にできることはなかった。

「……ごめん」

他に相応しい言葉が見つからず、とりあえず頭を下げる。すると、章子があきれた面持ちを見せた。

「今度は謝るの？　あたしがよかれと思ってしたことなんだから、お義兄さんは負い目を感じる必要はないのよ」

そして、何かを思い出したように睨んでくる。

「むしろ、洗っていないくさいオマンコをクンクンしたことこそ、謝ってほしいぐらいだわ。あと、おしりの穴を舐めたことも」

露骨な発言に、康介の気持ちはすっと楽になった。ああ、やっぱり章子は章子なんだと、安心したからである。

「いや、謝らないよ」

きっぱり告げると、彼女は目をぱちくりさせた。

「ど、どうしてよ？」

「だって、章子ちゃんのアソコがいい匂いだったのは、間違いないんだもの。おしりの穴だって、本当はもっと舐めたかったんだ」

「うー、ヘンタイ」

不愉快そうに眉間にシワを刻んだ章子が、いきなり股間を握ってくる。急所を潰されるのかと焦ったものの、軟らかくなっていたペニスに指を絡め、優しくしごいてくれた。

「あ――ううう」

快さが広がり、たまらず呻いてしまう。海綿体が血液を呼び戻し、そこはたちまち復活した。

「やん、またタッちゃった」

硬くなったものを握り直し、章子が悩ましげに腰を揺らす。康介も彼女の秘園に触れ、恥割れを指でなぞった。

「あん、そこぉ」

一度精を受け入れた苑が、再び潤む。男を欲しがり、肉の合わせ目を淫らにヒクつかせた。

「ね、ねえ、もう一回する？」

章子が情欲に濡れた目で訊ねる。

「でも、おれたちはきょうだいに戻るんじゃなかったの？」

「それは、この部屋を出てから。ここにいるあいだは、ただの男と女よ」

都合のいい解釈に苦笑する。

「わかった。もう一回……いや、おれのが勃たなくなるまで、何度でもしてあげるよ」

「だ、誰がそこまでしてほしいって言ったのよ!?」

狼狽する愛しい義妹の唇を、康介は情愛を込めて塞いだ。

第三章　あつくなりそう

1

京都が日本で最も有名な観光都市であることは、誰もが認めることである。

何しろ、世界遺産だけで十七箇所もあるのだ。国内のみならず、国外からも多くの観光客が彼の地を訪れている。

にもかかわらず、妙に余所余所しい印象を受けるのはなぜだろう。

(そんなふうに思うのは、おれだけなのかな?)

京都を訪れるたびに、康介は考える。本来なら観光都市で、誰もがウエルカムのはずなのに、まったく歓迎されていない気がするのだ。

まあ、彼の場合は観光ではなく、仕事で来ているのだが。

昼間は出張先に入り浸りだから、有名な神社仏閣を参拝する暇などない。それらを訪れたのは、高校の修学旅行のときぐらいである。

それはともかくとして、一見（いちげん）さんお断りの店があるために、京都人を冷たく感じるという話は、康介も聞いたことがある。歓迎されていないと感じるのは、彼だけではないらしい。

しかし、一見さんお断りなのは花街（はなまち）などの、ごく一部の高級店なのである。そもそも康介は、そんな店へは行かない。行くだけの金銭的なゆとりはない。

他にも、用意もしていないのに「ぶぶ漬けでもどうどす？」と客に勧め、それは早く帰れという合図だから、いただきますと答えると軽蔑されるという、嘘か本当か知らないが、京都人の腹黒さを示すエピソードも聞いたことがあった。けれど、それも康介が余所余所しさを感じる理由ではない。京都でどこかのお宅を訪問したことも、お茶漬けを勧められたこともないからだ。

要するに、京都の街そのものに、居心地の悪さがあるのである。いっそ疎外感とも言えるものだ。

東西に区画された街路が整いすぎて、何もかも型にはまって気詰まりだからか。それとも、先のエピソードから京都の人間に偏見を抱き、それが街の印象に影響しているのか。

もしかしたら、文化財が多いせいで、ちょっとした行動が文化財保護法違反に問われる気がして、自由を奪われたように感じるのかもしれない。

そうだとすれば、京都の街そのものは関係ない。単に康介がそう思い込んでいるだけなのである。

要は京都という、歴史と文化の街に呑まれているだけなのか。過去から現代に受け継がれている遺産を受け止められるほど、人間の器が大きくないために、卑屈になっているだけのようだ。

などと結論づけたために、康介は少々落ち込んだ。まったく文化的な人間ではないと、自らにレッテルを貼りつけたも同然なのだから。

(ま、そうたびたびここへ来るわけじゃないしな)

などと、言い訳がましく己を慰めても、虚(むな)しいだけ。

京都へは、取引先の企業に新商品の紹介と説明をするために訪れるのである。本来は技術職ではなく営業の仕事なのだが、先方が康介を信頼しているため、特別に任されていた。

もっとも、それは年に数回である。居心地の悪い街で過ごす時間も、ごく限られていた。

仕事が終われば、あとはホテルで休むだけ。食事だって、コンビニで適当なものを買って済ませればいい。これまではそうしてきた。

とは言え、出張先で美味しいものを食べることが、康介の唯一と言っていい愉しみなのである。せっかく遠くまで来たのに、ありきたりのものしか口にできないのは、プールに出かけて泳がずに帰るのにも等しい。いや、水族館に行って魚を一匹も見ないようなものか。

京都にも、美味しいものがたくさんあるはず。けれど、なまじ街に馴染めないせいで、よさそうな店を探して入ることができずにいた。一見さんお断りでなくても、妙に敷居が高いのだ。

おまけに、食べに出るのは夜だから、余計に店を選びづらい。

昼間なら観光客らに紛れて、そこかしこに入れるであろう。ところが夜になると、歩いているのが観光客なのか地元の人間なのか、どうもよくわからない。また、観光客だとわかっても、みんな旅慣れて京都の街を知り尽くしているかに感じられ、一緒に行動するのがおこがましい気にさせられるのだ。

ここまでになると、ほとんど被害妄想である。卑屈どころか自虐的だ。

しかし、康介とて、このままではいけないという思いがあった。

（せっかく前へ進む決心をしたんだ。いつまでも妙なことにこだわっていてどうするんだよ）

自らを叱りつける彼の脳裏に浮かぶのは、新潟で夜を共にした人妻の佳代と、亡き妻の妹である章子だ。特に章子は、康介がつらいことを忘れて新たな恋愛を始められるようにと、自ら肉体を捧げてくれたのだ。

彼女たちのためにも、人間として成長しなければならない。たかが世界有数の観光都市が何だというのだ。何が何でも征服してやる。

と、その日は息巻いてホテルを出たものの、夜の京都を歩き出して五分も経たないうちに、気持ちが挫（くじ）けそうになった。

飲食店以外の店は、だいぶ閉まっている。時間が遅いから当然なのに、暗い店内をほのかに透かすショーウインドーまでもが、お呼びじゃないと店を閉めているように感じられた。

（いや、そんなことあるわけないだろ）

自分にツッコミを入れても、なかなか開き直ることができない。自然と背中が丸まり、早足になる。

そこらを歩くひとびとは、それぞれにこの街を満喫しているように映る。なのに、どうして自分は、こんなにも馴染めないのだろう。

（やっぱり一筋縄じゃいかないな、京都は）

あるいは、京都を追放された武将なり貴族なりが己の御先祖で、その血が京都に反感を抱かせるのだろうか。

残念ながら、それは単なる思い過ごしだ。先祖が名のある人物だなんて話は、これまで聞いたことがない。

とにかく、卑屈な自分から卒業すべく、康介は足を目的地に向けた。目指すは先斗(ぽんと)町である。どうせなら有名なところを攻略してやろうと考えたのだ。

そこは高校の修学旅行のときに歩いている。道が狭く、昔ながらの街並みが続いて、いかにも京都という風情があった。

先斗町はもともと花街である。今は様子も変わり、普通の飲食店も多くあるようだ。観光マップでも大きく紹介されているし、そこで食事ができたら、京都に対する苦手意識もなくなるに違いない。

いきなりハードルを上げて臨んだ康介であったが、少なくとも通りを歩くことは、難なくできたのである。

（……へえ、けっこういい感じだな）

古い建物がそこかしこに見え、軒が低くてこぢんまりした感じがある。道も狭いから、ミニチュアの世界に迷い込んだみたいな錯覚に陥った。

以前、ここを通ったのは昼間だった。夜の眺めは、高校生のとき以上に情緒が感じられる。灯籠（とうろう）の明かりのせいだろうか。

飲食店も多くある。だが、花街の名残なのか、窓が格子で隠されて、中の様子が窺える店は少ない。あっても、いかにもお洒落な雰囲気で、男ひとりでふらりと立ち寄れる雰囲気ではなかった。

そのため、石畳の通りを往復したにもかかわらず、どこにも立ち寄れず退散したのである。

（つたく、情けないな……）

攻略どころか、完全な敗北だ。やはり自分は、京都に勝てないのか。

いや、べつに敵対するつもりはない。むしろ味方になりたかったのだ。

（何が先斗町だよ。チンポでも出してやろうか）

などと、品のないことを考えたところで、負け惜しみにすらならない。康介は諦め、四条通を西に向かって歩き出した。

広い車道と、屋根のある歩道。近代的な通りは、先斗町とは真逆の眺めと言ってい
い。過去と現代が混在する、それが京都という街なのか。
もしかしたら外国人のほうが、こういうところも面白がって、京都を満喫できるの
かもしれない。なまじ日本人だから、京都の文化なり文化財なりを重く捉え、そのた
め純粋に楽しめないのだろうか。
人通りのそれほどない歩道を、ぼんやりと自己分析をしながら歩いていると、地面
の上に何かを見つける。
(え、何だ?)
ピンク色のそれを拾いあげれば、パスケースであった。鉄道会社のICカードが
入っている。
確認したところ記名式で、「シオガイ　ナルミ」と名前が入っていた。持ち主はど
うやら女性らしい。
(誰かが落としたんだな)
ICカード以外には何も入っていない。急を要するものではないだろうし、交番に
届けるのも面倒だ。
他の誰かが拾うことを願い、道に戻そうとしたところで、康介はふと奇妙に思った。

（待てよ、これは……）

そのＩＣカードは、東日本の鉄道会社が発行しているものだったのである。今は多くのカードが、全国相互利用が可能になっている。康介も東京で購入したものを、そのまま出張先でも使っていた。

そうするとこれを落とした女性は、こちらの出身ではないのかもしれない。自分も京都では謂わば異邦人であり、何とかしてあげたい気持ちが湧く。

（やっぱり届けてあげよう）

少しでも早く手元に届いたほうが、持ち主も安心だろう。

さて、交番はどこかなと、康介は通りの前後を見渡した。そのとき、歩道を早足で歩いてくる若い女性に気がつく。ブラウスにロングスカートという、清楚な装い。一五〇センチあるかないかというぐらいに小柄である。

（あ、もしかしたら――）

前方ではなく地面を見ているから、このパスケースの落とし主ではないのか。

彼女が近くまで来たのを見計らい、康介は呼びかけた。

「シオガイさん？」

「あ、はい」

返事をして顔を上げたから、間違いない。

「これ、落とされましたか？」

ピンクのパスケースを差し出すと、彼女は表情を明るく輝かせた。

「はい。わたしのです。ありがとうございます」

感謝の面持ちを見せた女性が、両手でパスケースを受け取る。そのとき、彼女の左手の薬指にはまった銀の指輪に気がついた。

（え、人妻なのか？）

あどけなさの残る面立ちは、二十歳前後にしか見えない。すでに結婚しているとは、とても信じられなかった。

2

彼女は塩貝成海(しおがいなるみ)。思った通り出身は関東、それも東京であった。年は二十四歳で、大学時代の先輩と結婚し、半年前にこちらへ来たという。

道端で、そんなことまでぺらぺらとよく喋ったのは、もともと話し好きなのか。ただ、康介が出張で東京から来たとわかると、ますます饒舌(じょうぜつ)になったから、同郷の話し相手が欲しかったのかもしれない。

(こっちには友達がいないのかもな)

自身も京都に馴染めずにいたから、康介は彼女に親近感を抱いた。頬がふっくらした童顔に、愛らしさを覚えたためもあったろう。

「じゃあ、旦那さんは京都の出身?」

「はい。でも、夫の両親と同居しているわけじゃなくて、今はマンション暮らしなんです。いずれは、彼の実家に引っ越すことになるとは思いますけど」

そう言って、ちょっと表情を曇らせたから、同居が憂鬱(ゆううつ)なのではないか。嫁いで夫の実家に入るとなれば、誰だって緊張するだろう。気が重くなるのも仕方あるまい。

ましてや成海の場合、東から西へと、言葉も文化も異なる地へ来たのだ。そう簡単に馴染めるとは思えなかった。

(おまけに京都だからな)

と、自分が疎外されていると感じるものだから、この街に原因があると決めつける。

これが同じ関西でも、大阪ならもっと親しめるのではないか。そちらはあいにく出張でも訪れたことはなく、得ている情報はテレビや雑誌のものでしかないが、何となくそんな気がする。

まあ、平気で踏み込んでくるような馴れ馴れしさや、いかにもお笑い芸人っぽい関西弁に、辟易(へきえき)するかもしれないけれど。

「ところで、こんな時間にひとりで外出してだいじょうぶなの？」

訊ねると、成海ははにかむように「ええ」とうなずいた。

「実は、主人は出張が多くて、週の半分は家を空けてるんです」

「そうだったのか……」

自分も似たような生活だから、康介は実感を込めてうなずいた。

「それで、ひとりで家にいるのも何なので、散歩がてらよく外に出るんです。今日はちょっと遅くなったんですけど、京都に早く慣れたい気持ちもあって」

「なるほど」

彼女なりに、新しいホームに馴染もうと努力しているのだ。健気なひとなんだなと感心する。

(それにしても、新婚なのに、若い奥さんをひとりにしておくなんて……)

旦那も、もっと気遣ってあげればいいのにと思う。

自分はこの先、新しいパートナーが見つかったら出張を減らし、寂しがらせないようにしよう。康介はひとりうなずいた。

「あと、晩ご飯も食べようと思って」

成海の言葉に驚く。

「え、こんな遅い時間に？」

「ひとりだと、食事の時間も不規則になっちゃうんです」

彼女が照れくさそうに舌を出す。愛らしいしぐさは、まだ人妻になりきれていない初々しさがあった。

(好きなテレビ番組に夢中になって、食べ損なっちゃったのかもしれないな)

見た目の幼さゆえ、あり得るかもと心の内で納得する。

「だけど、今からだと、食べられるものも限られるんじゃない？」

若い女性が好みそうなカフェの類いは、とっくに閉まっているだろう。

「ああ、それならだいじょうぶです。わたしが食べるものは、だいたい決まってますから」

「何を食べるの？」

「ラーメンです」

「え、ラーメン？」

「わたし、外食はいつもラーメンを食べ歩いてるんです。まあ、京都へ来る前から好きだったんですけど」

これにも、康介の目は点になった。

(こんな可愛らしいひとがラーメンって……)

人妻とはいえ、若い女性がひとりでラーメン屋へ入るというのか。ちょっと想像がつかない。

加えて、京都の街とラーメンが、どうも結びつかなかったのだ。

(まあ、たしかに、店はけっこうあったけど)

先斗町あたりでも何軒か見かけた。しかし、京都に嫁ぎ、この街に慣れようと夜の散歩までしているのに、どうしてラーメンなのだろう。

京都に慣れたいのなら、「おばんざい」でもいただけばいいのではないか。もっとも、おばんざいが何を指すのか、康介は知らない。

しかしながら、京都とラーメンは、決して意外な結びつきではないようだ。

「知ってますか？　京都って、美味しいラーメン屋さんが多いんですよ」

「そうなの？」

「ええ。全国展開しているお店もありますから。たとえば——」

彼女が口にしたのは、こってりしたスープが有名なチェーン店だ。東京で食べたことはあったが、京都が元祖だとは知らなかった。

「あと、〇〇屋も」

その店も康介は知っていた。けっこうお気に入りで、何度か通ったところである。そう言えば、メニューに九条ネギラーメンというのがあった。

（そうか……京都はラーメンも有名なのか）

庶民的な食べ物でも知られているとわかり、初めて京都が身近に感じられる。やはり先入観から、この街を好きになれずにいたようだ。

「ラーメンか……いいね。おれも食べたくなってきた」

これに、成海が食いついてくる。

「え、お夕飯、まだなんですか？」

「うん。食べに出るのが遅かったんだ。あちこち探したんだけど、京都の店はどうも敷居が高くて」

「ああ……」

納得したふうにうなずいたから、彼女も同感のようだ。案外それでラーメン屋に通っているのかもしれない。もちろん、好きというのが大きな理由なのだろうが。

「でしたら、わたしが美味しいお店をご案内します。パスケースを拾っていただいたお礼も含めて」

「いいの？　だったら是非」

「じゃあ――」

話が決まりかけたところで、成海が迷いを見せる。彼女の視線が自分の左手の指輪に向けられたことに、康介は気づいた。

「わたしなんかとお店に入ったら、奥様に悪いかしら」

妻帯者を誘うのはよくないと考えたようだ。

「ああ、いや、ご心配なく。妻はいないんだ」

「え？　でも」

「亡くなったんだ。五年前に」

特に深刻ぶらず、さらりと告げたつもりだったものの、成海は絶句した。そして、気まずげに目を伏せる。

「そうだったんですか……」

負い目を感じさせてしまったようで、康介のほうが心苦しくなった。

「ごめん。おれが未練がましく指輪なんてはめていたせいで、余計な気を遣わせちゃって」

「あ、いえ……」

「まあ、もうだいぶ経つから、妻だって許してくれるよ。こんな可愛いひととラーメン屋さんに入ってもね」

「まあ」

若妻が恥ずかしそうに頬を緩める。気にしなくていいようだと、ようやくわかってくれたらしい。

「むしろ、塩貝さんのほうはだいじょうぶなの？」

「え？」

「旦那さんがいないときに、おれみたいに素性の知れない男とラーメンを食べたりして」

「ああ、それなら平気です」

成海が大きくうなずいた。

「本当に？」

「ええ。だって、まだ結婚して一年も経っていないのに、わたしのことをほったらかしにしているんですもの。ちょっとぐらい好きにしたって、罰は当たらないと思います」

不満げに眉をひそめたから、出張ばかりの夫に積もり積もったものがあるのではないか。

（だったらいいか）

ただラーメンを食べに行くだけなのだ。後ろめたいことをするわけではない。

「では、是非お勧めの店を紹介してください」

恭しく頭を下げると、彼女は愉しげにクスッと笑った。

「ええ、おまかせあれ」

少し遠いからと、ふたりはタクシーに乗り込んだ。

「北山通へお願いします。千本通と今宮通の交差点の近くなんですけど――」

何度も行っているようで、成海の指示は淀みなかった。もっとも、それがどのあたりなのか、京都の地理に疎い康介にはさっぱりわからなかった。

タクシーには二十分ほど乗っていただろうか。そのあいだに康介と成海は、お互いのことをあれこれ話した。

（旦那さんが留守で、寂しいんじゃないのかな）

彼女の話を聞きながら、康介はその思いを強くした。

ラーメンの食べ歩きをしているのは、本人も述べた通り、もともとラーメンが好きなのと、京都の街に慣れるためというのは間違いないようだ。だが、寂しさを紛らわせる部分も大きいようである。

「美味しいラーメンを食べると、ひとりでいることも忘れますから」

と、本音をポロリと口にしたからだ。

寂しさゆえであっても、出会いを求めてラーメン屋に通っているわけではあるまい。好きなことをしていると気が紛れるからなのだ。

「だけど、女性がひとりでラーメン屋さんに入るのは、けっこう周りの視線が気になったりしない？」

康介が訊ねると、成海が「いいえ」と首を横に振った。

「わたし、東京でもよくひとりでラーメン屋さんに行ってましたから。まあ、たしかに女性がひとりでってていうのは、あまりいないですけど」

そのため、お客の切れ目がないときなど、なるべく入りやすい時間帯を狙っているとのことであった。席が埋まっているときに、カウンターで他のお客と並んでいれば、ひとりで来ていることを気づかれないとも打ち明けた。

「ただ、今日は遅くなったから、どうしようって迷ってたんです。夜でもお客さんが多い店がありますから、そこしかないかなって。でも、このあいだ食べたばっかりだしって考えながら歩いていたせいで、パスケースを落としちゃったんです」

彼女が嘆くように言い、小さなため息をつく。失敗を恥じているのか。

「でも、そのおかげで美味しいラーメン屋さんを紹介してもらえるわけだから。おれにとってはラッキーだけどね」

「そう言っていただけると、わたしもパスケースを落とした甲斐があります」

茶目っ気たっぷりに目を細めた若妻に、康介はどんどん惹かれていることに気がついた。

(チャーミングなひとだな)

根が素直なのだろう。喜怒哀楽そのままに、表情がくるくる変わるのだ。だからこそ、本当は寂しいのではないかということも伝わってきたのである。

「だけど、今日はどうして遅くなったの？」

「あ、えと、録画しておいたドラマを観ていたら、ついのめり込んじゃって……」

悪戯が見つかった子供みたいに、首を縮めるのが愛らしい。ほぼ予想どおりだったから、康介は頬を緩めた。

「でも、そのおかげで仲元さんに付き合っていただけるので、わたしもラッキーでした」

「え、どうして？」

「これから行くお店、美味しいんですけど、ひとりだとちょっと入りづらいところなんです」

なるほどと、康介はうなずいた。男が好むような、豪快な盛りのラーメンを出す店なのだろうか。

気がつけば、外を流れる景色に明かりがあまり見られなくなっている。どうやら住宅街を走っているらしい。

（こんなところにラーメン屋があるのかな？）

場所からして、かなりの穴場らしい。わざわざタクシーに乗ってでも行きたいという店なら、期待できそうだ。

そうして着いたところは、広い通りに面した低層マンションの前であった。

（え、どこにラーメン屋が？）

マンションの一階部分は、コンビニなどの店舗が並んでいる。その端に、提灯と赤い暖簾（のれん）を発見した。あまり目立たないから、案内してもらわないと見つけるのが難しそうだ。

「ここです」

成海は早くもわくわくした顔を見せている。よっぽどここのラーメンがお気に入りなのだろう。

店内に入って、なるほど、女性ひとりでは入りづらいだろうなと納得する。

外観も、昔ながらの食堂という趣だったのだが、中もそれは変わらない。カウンターと簡素なテーブル席があり、手書きのメニューが貼られた壁も含め、どこもかしこもラーメンの匂いと脂が染み込んでいるかに映った。

(けっこう昔からある店みたいだな)

平日で、夕食でも夜食でもない中途半端な時間帯ながら、席は半分以上埋まっていた。

ただ、お客は成海以外、全員男性だ。学生っぽい若者が多い。近くに大学があるのだろうか。

なるほど、人気のある店らしい。

ふたりはテーブル席に着いた。

「あ、辛いものはだいじょうぶですか？」

訊かれて、康介は「うん。好きなほうだよ」と答えた。

見ると、壁のメニューの下に、『唐辛子がかかっているので、苦手な方は注文の際にお知らせください』という注意書きがあった。けっこう独特なラーメンなのか。

成海はラーメンを、康介は空腹だったので、焼きめしセットを注文した。

「ここ、何回も来てるの？」

「いえ、一度だけです。ネットで評判なのを知って、食べたらとても美味しくて気に入ったんですけど、ちょっと遠いし、雰囲気的に入りづらいので、それっきりになっちゃったんです」

「そのときもタクシーで？」

「いえ、電車とバスを使いました。いちおう、京都の街に慣れるっていう目的もあったので」

「ああ、そうだよね。ところで、住んでるのはどこなの？」

「塩小路（しおこうじ）町です。えと、京都駅の近くなんですけど」

どうやら一等地のようである。マンション住まいということだが、家賃も高いのではないか。

そんなところに住めるのなら、夫はかなり収入があるのだろう。成海の先輩なら、まだ二十代だと思うのだが。

（出張が多いのは、それだけ稼がなくちゃいけないからなのかも）

もっとも、家賃を親が出している可能性もある。いずれ実家に入る約束で、今は夫婦水入らずにさせてもらっているとか。

それこそ、跡継ぎができるまで。

ただ、いくら不自由のない生活を送っていても、若い奥さんにひとりでラーメンの食べ歩きをさせていいはずがない。成海だって、本当は夫と出かけたいのであろう。

そんなことを考えていると、注文したものが運ばれてきた。

昔ながらの器に盛られたラーメンに、康介は目を瞠った。

（へえ、けっこうすごいな）

まず、丼から溢れそうなスープに驚かされる。下にお皿があるのも当然か。背脂たっぷりで、香りからして醤油ベースのようだ。

さらに、麺が見えないほどにネギが山盛りで、そこに唐辛子が満遍なく振りかけられていたのである。

（これは確かに、辛いものが苦手だと食べられないだろうな）

セットの焼きめしも、なるほど焼きめしだ。炒飯なんて呼び方は似合わない。見た目からして、こちらも醤油味のよう。ある物でちゃっちゃとこしらえたという趣は、良くも悪くも家庭的だ。

「見た目はけっこうインパクトありますけど、味はいいんですよ」

若妻が割り箸を手にして言う。嬉しそうに白い歯をこぼしているから、本当に食べたかったのだろう。

「うん。それじゃ、いただきます」

康介はまずレンゲを持ち、スープからいただいた。

（おお、これは——）

ひと口すすり、思わずうなずく。背脂が目立つわりに、あっさりした味わいだ。むしろ、トロッとした食感がいいアクセントになっている。

そして、唐辛子がかかっていても、決して過剰な辛さではなかった。それどころか、辛味がスープの味わいを豊かにしている。

「うん、美味しいね」

康介が言うと、成海が口許をほころばせた。

「でしょ」

目を細め、本当に嬉しそうだ。自分がこのラーメンをこしらえたみたいな得意顔である。

麺は細麺で、どちらかというと軟らかめか。康介はコシのある硬いものが好みだったが、スープに合っているからこれはこれで美味しい。舌の上で崩れるチャーシューも絶品だ。

それから焼きめし。素朴で、飽きのこない味である。このラーメンとセットだからこそ、素朴さが引き立つのだなと康介は思った。

(これは、塩貝さんが来たがるのもわかるな)

美味しいラーメン屋にもランクというか、格付けがあると康介は思っている。まず、美味しいけれど、一度食べれば満足というもの。好みの問題なのだろうが、世間の評判が高い店にけっこう多い。

次が、機会があったらまた食べようと思うもの。その上が飽きることなく、何度も通いたくなる店である。

通いたくなる店にも二種類ある。近所にあるなど便がいいからよく利用する店と、遠いから頻繁には通えないが、それでもわざわざ行って食べたくなる店だ。

この店は明らかに、後者の通いたくなる店である。

もちろん、近くに住んでいれば頻繁に訪れるであろう。しかし、たとえ店から遠くても、ときどき無性に食べたくなり、そのためだけに遠路はるばる来ても惜しくないと思わせるラーメンだと言える。

現に、目の前で夢中になって麺をすすっている若妻が、それを証明しているではないか。

タクシー代は、ここまで二千円近くかかった。康介が払おうとしたのだが、成海は自分が誘ったからと断り、ブランド物の財布からお札を出したのである。考えてみれば、拾ったパスケースもブランド物だったし、やはり金銭的には満たされているようだ。

だとしても、ふたりで食べたぶんを合計しても、タクシー代のほうが高いのだ。これほど贅沢なことがあろうか。

成海とて、常に散財しているわけではなさそうだ。やはり食べたい気持ちが強いからこそ、わざわざここまで来たのである。一緒に食べてくれる相手が見つかったのを、これ幸いと。

ラーメンを半分ほど食べたあたりから、からだが熱く火照ってきた。唐辛子の効果なのだろう。

成海も額や鼻の頭に、汗を光らせている。自分でもわかっているようで、ハンカチでたびたび吸い取っていた。

そして、正面の康介を見て、照れくさそうにほほ笑む。チロッと覗かせた舌も、いくぶん赤くなっていた。

ふたりは汗ばみながら、辛くて旨いラーメンを平らげた。

「ああ、美味しかった」

店を出るなり、彼女が心から満足したという声を発する。康介がいることに気がついて振り返り、はにかんで舌を出した。

「おれも満足だよ。こんなに美味しいラーメンは、久しぶりかもしれない。こっちに住んでいたら、きっと何度も通うだろうね」

「はい。わたしも、本当はもっと来たいんです。ただ、やっぱりこういうお店なので、ひとりだとちょっと……」

心から残念がっているとわかる口振りだ。

「だったら、旦那さんと来るとか」

そう言うと、成海の表情がますます曇った。

「……夫は、ラーメンがそんなに好きじゃないんです」

「え、そうなの？」

「ふたりで外食をすることはありますけど、だいたい料亭みたいなところが多いですね。それこそ、いかにも京都っていう感じの。夫は小さい頃から、家族で外食をするときも、そういうところばっかりだったそうです」

どうやら、旦那はいいところのお坊ちゃんらしい。マンションの家賃も、やはり実家が出しているのではないか。もしかしたら、賃貸ではなく買ってもらったのかもしれない。

京都のボンボンに気に入られて、あるいは人柄が気に入って、彼女は結婚したのだろう。それによって、住む場所から暮らしぶりまで、生活が一八〇度変わったのではないか。

好きなラーメンを食べるのは、京都の街を知るためであるのと同時に、自分らしさを保つためのようにも思える。

「じゃあ、今度京都へ来ることがあったら、おれが付き合うよ」

きっぱり告げると、成海が表情を輝かせる。

「本当ですか?」

「まあ、頻繁に来るわけじゃないけど、そのときには連絡するから」

「はい。よかった……うれしいです」

感激の面持ちを見せる若妻に、康介も自然と口許をほころばせた。

タクシーでホテルまで送ってくれた成海が、一緒に車を降りたものだから、康介は戸惑った。

「え、塩貝さん？」

「あの……もう少しいっしょにいてもいいですか？」

「いっしょにって？」

「こんなに楽しい夜を過ごしたのは、久しぶりなんです。だから、もう少しだけ」

愛らしい若妻に縋る眼差しを浮かべられ、どうして拒めようか。

「わかった。じゃあ、おれの部屋でお茶でも」

「はい」

安堵の面持ちでうなずいた成海に、康介は情愛の眼差しを向けた。

(やっぱり寂しいんだな……)

誰もいないマンションに帰りたくないのだと、彼女の心情を慮る。だが、いきなり腕に縋られ、さすがに戸惑った。

「し、塩貝さん」

「……そう呼ばれるのも、久しぶりなんです」

「え？」

「塩貝は旧姓なんです。結婚して、苗字が変わったから」

成海のＩＣカードが、東日本で発行されたものだったのを思い出す。登録した名前を変更せずに使っていたようだ。

単に面倒で、そのままにしておいただけかもしれない。だが、嫁ぎ先の京都に馴染むべく努力をしながらも、もともとの名前である塩貝成海を捨て難かったというのは、考えすぎだろうか。

そして、嫁いだあとの姓を口にしないことから、彼女が結婚前に戻って、今このひとときを過ごしたいのだとわかった。

「じゃ、行こう。成海さん」

親しみを込めて呼ぶことで、童顔に恥じらいが浮かぶ。

「はい」

新婚さんにでもなった気分で、康介は彼女をエスコートし、客室フロア行きのエレベータに乗り込んだ。

3

京都での定宿にしているそこは、シングルルームでもベッドがセミダブルで、部屋も広めなのが気に入っている。狭いホテルは人間扱いされている気がしないから、好きではなかった。

お茶でもと言った手前、備えつけのポットでお湯を沸かそうとしたのである。ところが、そちらに手を出すより早く、成海が背中からギュッと抱きついてきた。

「え、なに?」

「……抱いてください」

掠れ声のお願いに、思わず身を固くする。

(抱いてって……)

あまりに唐突で、どうすればいいのかわからなくなる。もちろん、何を求められているのかは、すぐにわかったけれど。

「わたしだって女なんです……ときには誰かに——男のひとに抱き締められたくなることがあるんです」

切々と訴えられ、康介は胸が締めつけられる心地がした。

（そんなに寂しかったのか）

夫が出張で不在がちなのに加え、慣れない土地で暮らす心細さも、彼女にこのような行動をとらせているのだろう。

鳩尾のところに回された手を、康介は優しく撫でた。それから、そっとほどき、若妻に向き直る。

「おれも、男なんだよ」

「え？」

「こんな素敵な女性に求められて、嫌だなんて言えるはずがないよ」

「仲元さん……」

目を潤ませた彼女を、康介は要望どおりに強く抱き締めた。

「あん……」

成海が嬉しそうに身をくねらせ、胸に甘える。

若いからだは、甘ったるい匂いを放っている。辛いラーメンを食べて汗ばんだからだ。

しばらく背中を撫で、顔を上に向かせると、瞼が閉じられる。ＯＫなのだと解釈して、康介はそっとくちづけた。

ふにっと柔らかな唇は、これもラーメンを食べた名残か、ほんのりベタついていた。だが、かすかにこぼれる吐息には、彼女本来のかぐわしさしか感じられなかった。

舌を差し入れても、若妻は抵抗することなく受け入れてくれる。自らのものを戯れさせ、温かな唾液も与えてくれた。

それはさっき味わったスープ以上にトロリとして、味わい深かった。

濃厚なキスのあいだにペニスが膨張し、ズボンの前を突っ張らせる。それを押しつけることのないよう、康介は腰を引き気味にしていた。

それはつまり、ふたりのあいだに手を入れる隙間があるということだ。

貪るようなくちづけに夢中になっていたため、いつの間にか背中の手がひとつはずれていたのに、康介は気がつかなかった。

「むふっ」

太い鼻息をこぼし、快美に腰を震わせる。猛る牡器官を、ズボンの上から握られたのである。

「……あん、素敵」

唇を離し、成海がうっとりした声を洩らす。蕩けた眼差しを向け、指先で強ばりをなぞった。

「わたしとキスしただけで、こんなに元気になったんですか？」

「う、うん」

「素敵……見せてくださいね」

「え？」

戸惑う康介にはかまわず、彼女がすっとからだを低くする。前に跪き、ズボンのベルトに手をかけた。

（マジかよ……）

ズボンに続き、ブリーフも足首までおろされるあいだ、康介はまったく動けなかった。愛らしい人妻がここまで大胆だったのかと驚き、固まっていたのである。

だが、シャツの裾をめくって勃起をあらわにされると、さすがに頬が熱くなる。

「すごい」

成海が目を丸くしたものだから、ますます羞恥にまみれた。

「さわってもいいですか？」

「え？　ああ……」

「それじゃ、失礼します」

ちんまりした手が、無骨な肉棒にのばされる。痛々しいコントラストに背徳感を覚えたのも束の間、指が筋張った胴に巻きついた。

「あうう」

当然ながら、ズボン越しにさわられた以上に快い。康介は呻き、膝を崩れそうにわななかせた。

「とっても硬いです。仲元さんのオチンチン」

はしたない発言に続き、握り手に強弱が加えられる。悦びがふくれあがり、呼吸が自然と荒くなった。

「な、成海さん」

「こうすると、気持ちいいですか？」

無邪気に訊ね、手を前後にも動かす人妻。自分から抱いてほしいとせがんだだけあって、セックスに関しては積極的なようだ。まだ若くても、女の歓びにしっかり目覚めているのではないか。

そうすると、独り寝の夜は悶々として、かなりつらいことであろう。だからこそ外出して、気を紛らわせているのかもしれない。

「すごくいいよ」

正直に答えると、彼女が満足げな笑みをこぼす。

「よかった。でも、こんなに元気なオチンチンをシコシコしてると、わたしもウズウズしてきます」

あられもない告白をした成海が、赤く紅潮した亀頭をじっと見つめる。濡れた眼差しが艶っぽい。

「美味しそう……」

つぶやくなり、そこに唇を寄せる。張り詰めた粘膜にチュッとキスをされ、鋭い快感が背すじを駆けあがった。

「くああ」

のけ反って声をあげると、唇からはみ出した舌が、包皮の継ぎ目部分をチロチロとくすぐる。

「あ、あ、ううう」

たまらない気持ちよさだ。彼女は牡の性感ポイントを、ちゃんと知っているらしい。

上目づかいで康介の反応を確認する余裕すらあった。

二十四歳と立派な大人でも、童顔ゆえに背徳感が著しい。こんなことをさせていいのかと、思わずにいられなかった。

そして、あどけない唇がOの字に開かれ、猛々しいモノを躊躇なく頬張る。

「あああ」

康介は堪え切れずに声をあげた。

温かな口内にひたった秘茎が、ビクビクと脈打つ。無邪気に這い回る舌が、蕩けるような快感を与えてくれたのだ。

（ああ、そんなところまで……）

感じやすいくびれ部分を舌先で辿られ、くすぐったさの強い悦びに、腰が砕けそうであった。

幸いなのは、いつものごとくシャワーを浴びて外出したから、分身がそれほど汚れていないことか。まあ、唐辛子入りラーメンを食べて汗をかいたから、多少は蒸れた匂いや、しょっぱい味がするであろう。

実際、成海は目を細め、美味しそうにペニスを吸っているのである。あたかも、お気に入りのラーメンをすするがごとくに。

これでザーメンが出たら、それこそ背脂たっぷりのスープみたいに、コクコクと飲み干すのだろうか。

などと考えるあいだにも、性感が急角度で上昇する。このままでは危ういと、康介は腰を引き気味に告げた。

「そんなにしたら出ちゃうよ」

このまま口内に発射させるつもりはなかったらしい。成海はすぐに漲り棒を解放してくれた。

「わたしのお口、気持ちよかったですか？」

ストレートな質問に、康介はまいったとばかりに何度もうなずいた。

「うん。すごくよかった。だからイキそうになったんだ」

彼女は唾液に濡れた肉根を、ゆるゆるとしごいている。またフェラチオを始めそうな雰囲気があったので、腕を摑んで立たせた。

「今度は、おれがしてあげるよ」

クンニリングスを示唆すると、成海は恥じらいながらも、嬉しそうに白い歯をこぼした。これは意外な反応であった。

(舐められるのが好きみたいだぞ)

スカートのホックをはずして床に落とすと、白いパンティに包まれた若腰があらわになる。未だ成長途上の趣すらある、細身の下半身。

セミダブルのベッドに寝かせ、清楚な薄物に手をかけても、彼女は抵抗しなかった。

それどころか、自らヒップを浮かせて協力したのである。

康介は胸をはずませていた。二十四歳の若妻の、恥ずかしい匂いと味を、心ゆくまで愉しめそうだったからだ。

脚を開かせると、秘められた苑が晒される。ヴィーナスの丘に萌える秘叢は、幼い外見に相応しく淡かった。陰部も色素の沈着がほとんどない。肉割れからはみ出した花弁も、ごく小さなものだ。

いたいけな眺めの性器に、お医者さんごっこをするみたいな、イケナイ気持ちになる。成海もさすがに恥ずかしいのか、両手で顔を覆っていた。

それをいいことに顔を近づけ、女芯をじっくりと観察する。

(……本当に昂奮していたんだな)

恥肉の合わせ目が濡れきらめいている。辛いラーメンで汗ばんだのは事実でも、これは汗ではない。ペニスをしごきながらウズウズすると告白をしたとおり、女に目覚めたからだは劣情の蜜をこぼしていたのだ。

そこから漂うのは、けれど控え目な酸味臭だ。わずかにヨーグルトの趣があるそれに、ボディソープらしき甘い香りも混じっていた。

(成海さんもおれと同じで、シャワーを浴びてから外出したんだな)

もちろん、こういう展開を予想してではあるまい。ただ、ちゃんと綺麗にしてあったからこそ、男の前に晒せるのだろう。

康介は落胆を隠せなかった。もしも彼女がこちらの様子を窺っていたら、あからさまにがっかりした顔を見ることになったはず。

(おれ、本当に匂いフェチになったのかもな)

まさか、こんなことで失望するまでになるなんて。

ただ、控え目でこそあるものの、成海の秘部がかぐわしいことに変わりはない。これはこれで有りだろうと思い直し、康介は清らかな秘割れに口をつけた。

「あひっ」

軽くキスしただけなのに、若妻が鋭い声を発する。交歓への期待が大きかったために、ちょっとした刺激で感じたのか。

ならばと、舌を裂け目に差し入れて、ほじるように上下に動かす。

「あ、あっ、それいいッ」

成海が腰をガクガクとはずませた。

秘割れに溜まっていた粘っこい蜜は、ほんのり塩気がありつつも、不思議と甘かった。キスしたときの唾液にも似た味かもしれない。

今度は下の唇とディープキスをするつもりで、康介はねちっこく舌を躍らせた。

「くぅうん、か、感じる」

やはり舐められることが好きなのだ。彼女は下腹を大きく波打たせ、あられもなくよがった。顔を隠していた手もはずして、快楽に身を委ねる。

そして、お気に入りはやはりクリトリス。強く吸ってあげると、大きな声をあげて悦びを訴えた。

「そこっ、そこッ、あああぁ、き、気持ちいいッ！」

肉体はまだ熟れていないふうながら、性感はしっかり発達している。あるいは夫のいない夜に、たびたび自らを慰めているから、秘核が感じやすくなっているのか。

（待てよ。このひとなら、あれをしても嫌がらないかも）

康介は成海の両膝を折り、彼女に抱えさせた。ヒップが上向きになり、濡れてほころびかけた恥割れの真下の、アヌスもまる見えになる。

（ああ、綺麗だ）

そちらも色素が薄い。放射状のシワがきちんと整った秘肛は、なんとピンク色であった。排泄器官であることを忘れるほどに可憐で、野に咲く小花のよう。

それゆえ、無性に悪戯をしたくなる。

義妹の章子は、そこを舐められるなり拒絶反応をあらわにした。だが、成海は性的な行為に対する好奇心が旺盛のようだし、同じことをしても受け入れてくれるのではないか。

それに、今のポジションなら、急所を握りつぶされる心配はない。

だが、変態だと罵られる恐れはある。康介はついうっかりというフリを装い、舌を会陰のほうからすべらせるようにして、ツボミをひと舐めした。

「え？」

怪訝そうな声を洩らした若妻が、小ぶりのヒップをビクンと震わせる。頭をもたげ、こちらの様子を窺ったのがわかった。

(あ、まずかったかも)

叱られるのかと、思わず首を縮めたものの、

「そ、そんなところまで舐めてくれるんですか？」

驚きを含んだ問いかけに(あれ？)となる。

(嫌がっている感じじゃないぞ)

それどころか、歓迎しているようにも思えるのだ。

康介はさらにチロチロと、肛穴の中心を舌先でくすぐった。すると、彼女が「あっ、

あ――」と声をあげる。両膝をしっかり抱えたまま、裸の下半身を左右に揺らした。

「ああん、く、くすぐったいぃ」

などと言いながら、明らかに快さも得ている様子だ。少なくとも、やめてほしそうではない。

愛らしいツボミがキュッ、キュッと収縮する。その姿にも劣情を煽られ、もはや遠慮も躊躇もすることなく、アヌスをペロペロと舐めてあげる。

「イヤぁ――あ、あん、ヘンになりそう」

乱れた声を発する若妻は、赤らんだ恥芯に透明な蜜を溜めていた。アナル刺激が女体に歓喜をもたらしているのは間違いあるまい。現に、溜まった蜜をぢゅぢゅッとすすっただけで、

「くぅうううーンッ！」

と、切なげな声をほとばしらせたのである。性器粘膜がいっそう敏感になっているようだ。

当然ながら、秘肛舐めだけで昇りつめる気配はない。けれど、前門と後門を行ったり来たりし、どちらも丹念にねぶってあげることで、若いボディがますます火照ってくる。内腿が汗ばみ、細かな露をきらめかせだした。

もちろん陰部も、湯気が立ちそうなほど熱くなっている。

「あうう、こ、こんなの初めてぇ」

成海がよがり、ベッドの上で全身をはずませる。それでいて両膝を離さずに抱えているのは、おしりの穴を舐めてもらいたいからなのだ。

（いやらしいひとだ）

だが、欲望や快楽に素直なところも愛おしい。

間もなく、彼女は頂上に至った。腰を左右にくねらせ、「あ、イッちゃう」と極まった声をあげる。

康介は包皮を脱いだクリトリスをついばみ、激しく吸いねぶった。

「あああああ、イッちゃう、イク、も、ダメぇぇええええっ！」

あられもなく声を張りあげ、オルガスムスに巻かれる若い人妻。細身のからだを、ビクッ、ビクンと大きく震わせる。

「くはっ、は――あふぅうう……」

大きく息をついて力尽き、膝を離して手足をのばす。あとは瞼を閉じてぐったりし、胸を大きく上下させるだけになった。

（……かなり派手にイッたな）

愛液と唾液で濡れた口許を手の甲で拭い、康介は身を起こした。煽情的な乱れっぷりと、下半身のみをあらわにしたしどけない姿に、股間の分身が痛いほど漲っている。

成海の額と鼻の下に、汗の露が見える。快感でかなり汗をかいたようだ。

康介は彼女のブラウスのボタンをはずし、着ているものをすべて脱がせた。あどけないふくらみの乳房が、やけに痛々しい。

その間、彼女は眠ったように無抵抗で、されるままになっていた。

4

若妻を全裸にさせてから、康介も残った衣類を急いで脱ぎ捨てた。同じく一糸まとわぬ姿になり、彼女に寄り添って身を横たえる。

「ん……」

肌のふれあいを感じたか、成海が小さく呻く。目を閉じたままこちらに手を這わせ、股間にいきり立つシンボルを握った。

「むうう」

屹立に溜まっていた疼きが悦びに昇華され、康介は呻いた。お返しのつもりでもなく、手のひらにすっぽりとおさまる乳房をそっと揉むと、睫毛の長い瞼が開かれる。

「……気持ちよかったです」

率直な感想がいじらしい。情愛に駆られ、半開きの唇に自分のものを重ねると、彼女は最初から熱烈に吸ってくれた。

さらに舌を出して、唇の外側も内側もペロペロと舐めてくれる。秘苑を可愛がってくれたところを、お礼に清めるみたいに。

康介も舌を戯れさせ、深く絡ませた。

「はあ……」

くちづけをほどくと、成海が吐息をはずませる。目許がほんのり朱に染まっていた。

「……わたし、おしりの穴を舐められたのって、初めてです」

真っ直ぐに告げられ、康介のほうが照れくさくなる。

「そ、そう？」

「はい。くすぐったいのに、からだの奥がジンジンするみたいで、そのうち頭がボーッてなっちゃいました」

初めてなのに拒まなかったのは、快さがあったのと、やはり好奇心が旺盛だからではないのか。

「だからわたし、すごくよくなって……イッたあとに動けなくなったのも初めてです」

アナル刺激が絶頂感も高めたらしい。すると、彼女が申し訳なさそうに顔を歪める。

「でも……仲元さんは、イヤじゃなかったんですか？」

「え、何が？」

「おしりの穴を舐めるのが……綺麗なところじゃないですから」

そこは異臭もなく、きちんと洗ってあったのは間違いない。それでも排泄のための器官ゆえ、抵抗感があるのだろう。

「嫌だったら、最初から舐めたりしないよ」

笑顔で告げると、成海はつられたように頬を緩めた。

「それに、成海さんのおしりの穴、すごく綺麗で可愛かったよ。あれを見たら、誰だって舐めたくなると思うな」

「やん」

肛門を褒められて、若妻が恥ずかしがる。まあ、それも当然か。

そんなやりとりのあいだも、彼女は手にした陽根をゆるゆるとしごき続けていた。

こぼれるカウパー腺液が、指を濡らすのもかまわずに。

成海が子猫のように、胸に甘えてくる。快感で汗ばんだあとの肌は、なまめかしい甘酸っぱさを漂わせていた。

「わたし、今日はすごく幸せです。食べたかったラーメンも食べられたし、とっても気持ちよくしてもらったし」

小柄で童顔と、幼い外見そのままの素直さが、彼女の魅力なのだ。それでいてエッチなところも、またよろしい。

「成海さんに喜んでもらえたら、おれもうれしいよ」

「あ、でも、それだけじゃダメです」

「え？」

「わたしも、ちゃんとご奉仕しますからね」

素早く身を起こした成海が、握ったままのペニスの真上に跨がる。騎乗位で交わるつもりなのだ。

（可愛いのに大胆だな）

こんなにチャーミングな奥さんを寂しがらせる旦那は、一度痛い目に遭うべきだとすら思う。

上向かせたものの尖端に秘苑をこすりつけ、たっぷりと潤滑してから、彼女がすっと上半身を下げた。

「おおお」

濡れた穴に、剛直がヌルリと入り込む。目のくらむ快美に続き、分身にまつわりつくものがキュウッとすぼまった。

(うわキツい)

結合はスムーズだったのに、蜜壺の締めつけは強烈だ。からだが小さいから、そこも狭いのだろうか。

いや、どうやら、意識して膣を締めているらしい。

「気持ちいいですか?」

そう訊ねる表情は、どこか得意げだ。男を悦ばせる自信がある証しである。

「う、うん……すごくいいよ」

「それじゃ、もっとよくなってください」

成海が腰を前後に振り出す。くいっ、くいっと、ベリーダンスでもするみたいに。

「ああ、あ、うああ」

康介は抗いようもなく声をあげた。狭窟で分身を摩擦され、脳が蕩けるほどに感じたのである。

彼女の腰づかいは多彩だった。前後だけでなく左右、さらには回転する動きも示す。それにより、濡れヒダが敏感なところを余すことなくこすり、大袈裟でなくペニスが溶けるようだった。

(ああ、よすぎる)

あどけなさの残る若い人妻に、まさかここまで感じさせられるとは。どんなラーメンだって敵わないほどにコシがいい。

「あ、あン……オチンチン、とっても硬いのぉ」

成海が休みなく腰を振りながら、あられもなくよがる。男を悦ばせるだけでなく、自らもぐんぐん高まっているようだ。

ヌ――グチュ。

結合部が淫らな音をこぼす。膣内は熱く煮崩れ、トロトロになっていた。

(う、まずい)

若妻の責めに、康介は限界を迎えた。

「ああ、だ、駄目だよ。出ちゃう」

降参しても、攻撃が緩むことはなかった。

「いいですよ。いっぱい出してください」

喘ぎながらも愉しげに告げ、成海がいっそう派手に動く。上下にも腰を振り立て、腿の付け根にヒップをタンタンとぶつけた。

おかげで、否応なく爆発が迫る。

「ああ、あ、駄目……で、出る」

呻くように告げたところで、めくるめく愉悦が全身に満ちる。頭の中に乳白色が広がり、屹立も同じ色のものを噴きあげた。

「あ、出てるぅ。すごい」

膣奥にほとばしりを感じたか、成海がうっとりした顔を見せる。下半身をピクピクと震わせたから、軽く昇りつめたのではないか。

(最高だ……)

からだのあちこちを痙攣させ、康介はオルガスムスの余韻に長く漂った。艶めきを帯びた童顔を見つめながら——。

朝、目が覚めたとき、康介はベッドでひとりだった。

(あれ、成海さんは?)

見回しても姿はない。バスルームにいる気配もなかった。

昨晩はふたりでシャワーを浴びてから、素っ裸のままベッドに入ったのである。抱き合って、互いの息づかいを耳にしながら、眠りに落ちたのだ。

どうやら成海は早々に起きて、そのまま帰ったらしい。シングルルームに連れを泊めたら、ホテルに追加料金を請求されるかもと、気を遣ったのかもしれない。

（……もうちょっといっしょにいたかったな）

股間のイチモツは、朝の漲りを誇示している。これをもう一度彼女に挿れたかったと、浅ましい未練が胸に湧いた。

そのとき、ナイトテーブルに置かれた手紙に気がつく。ホテルの便箋に、愛らしい文字がしたためられていた。

『仲元さん
昨夜はありがとうございました。
とても素敵な時間を過ごせました。
京都にいらしたら、是非ご連絡ください。
またラーメンを食べましょう。
お会いできる日を楽しみにしています。

成海』

シンプルながら人柄の滲み出た手紙に、胸が温かくなる。そこには携帯番号と、メールアドレスも添えられてあった。

（……そうか。また会えるんだ）

その日のことを考えると、自然と頬が緩む。

と、裏にも何か書かれていることに気がつく。手紙を裏返すと、追伸があった。

『仲元さんのオチンチン、ラーメンよりも美味しかったです』

康介はたまらず赤面した。

第四章　あまくてこってり

1

小京都というのは、街並みや風情が京都に似ている街のことを指す。

自称も含めれば、小京都は日本全国に多くある。そんな呼び名がもてはやされるほどに、京都というのは日本人にとって特別な場所なのだろう。

そして、今回訪れた金沢も、かつては小京都の一員だった。

（なるほど、風情があるものな）

兼六園（けんろくえん）を歩きながら、康介はひとりうなずいた。

金沢で最も知られた名所である兼六園は、巨大な庭園だ。加賀百万石の藩主によって造られたそこは、季節の花々が咲き乱れ、木々が蒼（あお）い葉を繁らせる。島のある大きな池の他、丘や水路もあった。休憩所を兼ねた古風な建物も、明媚な景色に趣を添えている。

康介は、京都には余所余所しさや疎外感を覚えた。けれど、同じ古都であっても、金沢にはそうした印象はない。京都ほど大がかりではなく、こぢんまりとしているのに加え、何度も訪れているからであろう。

金沢は友禅染めや金箔などの伝統工芸ばかりでなく、近代工業でも知られた都市である。康介の会社と取引のあるメーカーもあり、技術指導やメンテナンスで度々呼ばれていた。

そのため、のんびりと見物する暇などないのは、他の出張先と変わらない。

今日は二泊三日で訪れた中日で、運良く午後から時間ができた。そこで、たまにはいいだろうと、金沢を見て回ることにしたのである。普段、出張で長い時間拘束されることもあり、余暇は自由に使っていいと上司に許されていたのだ。

初めての金沢観光。そうなれば当然、向かう先は有名なところになる。ベタだと知りつつも、康介はまず兼六園を散策した。

ところで、本家の京都市や、小京都と呼ばれる地域が集まる「全国京都会議」という団体がある。金沢はここを脱退した。

金沢は加賀百万石の城下町であり、武家文化の街である。京都のような公家文化とは趣を異にすることから、相応しくないと離れたらしい。

確かに、街の雰囲気そのものも、金沢は庶民的で雑多な感じがある。京都のように、上品にすました感じはない。

それでも、兼六園の眺めには落ち着いた風情と、歴史の重みが感じられる。さすが、日本三名園のひとつに数えられるだけのことはある。

この庭園を眺めて、いにしえのひとびとは何を思ったのだろう。などと、柄にもなく感傷にひたる康介であった。

道路を挟んだすぐ隣には、金沢城跡がある。天守閣は焼失して現存しないが、そこからも兼六園が見えたのだろうか。

もっとも、ここは回遊式——すなわち、座敷などから見て楽しむ座観式とは異なり、様々なところに立ち寄りながら遊覧する庭園である。藩主も城から出て、池に浮かぶ島などを眺めたに違いない。

兼六園の中には、庭園を眺めながらお茶や和菓子がいただける雅(みやび)な建物がある。そこで一服しようかと思ったものの、次に美味しそうなものがあるかもしれないと考えて、康介は我慢することにした。

兼六園を出て、次に向かった先は「ひがし茶屋街」であった。

そこはかつての花街である。出格子の、古風な町家が軒を連ねる通りは、石畳の路もレトロな雰囲気を醸す。いかにも若い女性が好みそうだ。

街並みを眺めて歩く康介の足取りも、時の流れに漂うみたいに、自然とゆっくりになった。

（うん。先斗町とは感じが違うな）

京都の花街は路がせまく、建物も小さく感じた。こちらは土地が広いぶん、路幅もあるし建物も立派だ。日本海側で雪のことを考えて、余裕を持った造りになっているのだろうか。

雪国は除雪が必然なため、道路そのものも路肩も広い。人家の前も、屋根から雪が落ちるため、広く取っているところが多いようだ。よって、ひがし茶屋街もそうなのかと考えたのである。

もっとも、今は昔ほど雪が積もらないと聞いている。康介も、冬に金沢へ来たことがあったが、歩くのに困るほどの積雪は経験したことがない。

（でも、雪景色の茶屋街もいいかもな）

白く染まった街並みも、きっと綺麗だろう。

やはり花街ということで、入り口や窓が格子になっているのは、先斗町と一緒である。こちらにも、一見さんお断りのお茶屋があるそうだ。

そう言えば、金沢の街そのものには見られない、京都に通じるすました余所余所しさを、このあたりにはそこはかとなく感じる。

茶屋に使われる格子は、外から中は見えにくいが、中からはよく見える造りであるらしい。石畳の路を歩きながら、誰かが建物の中からこちらを見ているのではないかという疑心に、康介は囚われていた。

（まあ、おれなんかを好き好んで見るやつはいないか）

自意識過剰だと、自らに言い聞かせる。

ひがし茶屋街は人気の観光スポットで、平日にもかかわらず、訪れている者がけっこういたのだ。外国人の姿もある。そういうサービスでもあるのか、綺麗な着物姿で歩く女性たちも見かけた。

それら目立つ観光客と比較すれば、平々凡々な自分など、見られるに値しない。間違いなく気のせいなのだ。

ただ、べつに見られていないにせよ、建物の中がどうなっているのか、気になるのは確かである。

花街とは言え、今は普通の民家になっている町家もあるようだ。中にはカフェや飲食店、土産物屋など、店を経営している家もあった。

ただ、それらお客を迎え入れるところも、中がよく見えないものだから、どうも入りづらい。

しかしながら、そんなふうに感じるのは自分だけなのか。女同士の友達連れなど、楽しげに語らいながら、それらの店に出入りしていた。

(いや、友達といっしょだから平気なんであって、彼女たちもひとりだったら、やっぱり入るのに躊躇するんじゃないかな)

負け惜しみでしかないことを考え、軽く落ち込む。男として、それでいいのかという気になった。

(京都の先斗町でもどこにも入れなくて、結局、成海さんからラーメン屋に連れていってもらったんだものな)

前向きに生きると決めたのだ。これまでできなかったことにも、どんどんチャレンジすべきではないのか。

決心し、ちょうど喉が渇いていたこともあって、康介はカフェに入ることにした。歩き回ってよさそうなところを探したら、またどうしようとためらう気がして、手近にあったところに目標を定める。

（よし、ここに入ろう）

暖簾をくぐり、格子戸を開ける。かなりの覚悟を持って入ったはずが、

「あれ？」

中は意外に明るく、ごく普通の和風喫茶という趣だったものだから、拍子抜けする。芸妓ふうの女性が恭しく迎える、茶室っぽい雰囲気のところかと、勝手に思い込んでいたのだ。

広い三和土（たたき）には、木製の黒いテーブルが並んでいる。上がったところは畳敷きで、やはり黒い座卓が並んでいた。どことなく和風居酒屋っぽい眺めでもある。

そこは、もともと茶屋だったところを造り直したのであろう。黒光りする柱や天井の梁（はり）、赤みを帯びた壁など、昔のものがそのまま残っているようだ。

それでいて、広い範囲を照らす明かりや、坐り心地のよさそうな椅子といった、近代的なものも見受けられる。

たまたま暇な時間帯だったのか、他にお客の姿はなかった。

「いらっしゃいませ」

声をかけられてドキッとする。奥から現れたのは、明るい色の和服をまとった、三

十路過ぎと思しき女性だった。

「あ――」

康介は思わず声を洩らした。アップにした髪型も色っぽい彼女が、見とれるほどの美女だったからである。

色白の肌は、いかにも肌理が細かそう。細面の美貌を際立たせるメイクには一分の隙もなく、淑やかな微笑には高貴な趣すらあった。

睫毛の長いつぶらな瞳は、言葉など不要な目力がある。見つめられたら身がすくみ、動けなくなるのではないか。

事実、康介は完全にフリーズしていた。

(これが金沢美人なのか!)

否応なく納得させられる。ただ、本来は加賀美人という呼び方が正しいのかもしれない。

ともあれ、息を呑んで固まった康介に、美女が怪訝そうに小首をかしげた。

「どうかなさいましたか?」

訊かれて、ようやく我に返る。

「あ、ああ、いえ、その……せ、席はどこに坐れば?」

不審者並みにうろたえて訊ねると、彼女がニッコリとほほ笑んだ。

「お好きな席にどうぞ」

康介は「は、はい」と頭を下げ、入り口に一番近い、窓際のテーブル席に着いた。

「そちらでよろしいですか？　畳の席も空いてますけど」

「いえ、こちらでけっこうです」

「そうですか」

テーブルに水とメニューを置き、

「お決まりになりましたら、お呼びください」

言い置いて、美女が奥へ下がる。康介は大きく息をついた。

（……ああ、びっくりした）

まだ心臓がドキドキと高鳴っている。美人を見て、こんなに驚いたのは生まれて初めてではないか。

たしかに美しいひとであった。ただ、ここまで動揺したのは、場の要素も働いていたからだ。

花街の上品な茶屋に入る前から、かなり気が張っていた。ところが、意外と親しみやすい店内の眺めに虚を衝かれた。そこへ、和服の美女が現れてまた緊張し、気持ちの上下というか緩急が、動揺を誘ったようである。

（まったく、いい年して、何をやってんだか）

自身にあきれつつ、メニューを開く。

こういうカフェだからお茶しかないのかと思えば、コーヒーや紅茶など、飲み物の種類は案外豊富だった。ビールやワインといったアルコールもある。

とは言え、昼間から飲むつもりはない。

奥に向かって「すみません」と声をかけると、すぐにさっきの女性がやって来た。美しさは変わらずとも、いくらか落ち着いたおかげで、今度は普通に話せそうだ。

「お決まりですか？」

「ええと、和菓子セットをホットコーヒーで」

小腹が空いていたので何か食べようと思い、こういう純和風のところなら和菓子かなと、セットを注文したのである。

だったら、飲み物はお茶であろう。ところが、気分的にコーヒーが飲みたかったので、そちらを選んだのだ。

結果、和洋折衷みたいになってしまった。

（やっぱりお茶にすべきだったかな）

注文してから後悔したものの、あとから引っ込めるのは男らしくない。それに、店員の美女もそれでいいのか確認することなく、「承知しました」と言った。同じ組み合わせで頼む客は、他にもいるのだろう。

「では、メニューをおさげします」

彼女が少し身を屈めたとき、帯のところに名札のプレートがあることに気がついた。同系色のため、さっきはわからなかったのだ。まあ、顔にばかり見とれていたためもあったが。

プレートには「宮岸(みやぎし)かほり」と印字してあった。

(かほりさんか……)

上品で淑やかな彼女に、実に似合った名前だ。

名前が平仮名なのは、漢字だと読みにくいからそうしたのか。それとも、もともと本名が平仮名なのか、そこまではわからない。

それからもうひとつ、康介は発見した。彼女の左手の薬指に、結婚指輪がはまっていることに。

(人妻なのか、宮岸さん……)

漂う色気から納得できたものの、なんとなくモヤモヤする。こんな美人を、すでに他の男がモノにしていることに、妬ましさを覚えたのだ。

かほりが下がってから、康介は視線を窓の外に移した。

(なるほど、中からはよく見えるんだな)

向かいの家や、路を通る観光客の姿もばっちりだ。こういう格子を、昔から使っていたなんて。先人の知恵の素晴らしさを、改めて思い知らされる。

ただ、それゆえに、誰かからこんなふうに見られていたのではないかという疑心がぶり返す。もちろん、あくまでも通行人のひとりとしてであろうが。

康介自身も、行き交うひとびとをぼんやりと眺めた。

さっきも外で見かけた、着物姿の女性たちが目に入る。そのときはつい目で追ってしまったが、和装の美しい人妻と出会ったあとでは、少しも興味を惹かれなかった。

おそらく着馴れていないからであろう、彼女たちは足さばきに品がない。着こなしもなっていないのが、今ははっきりとわかる。

かほりと比較すれば、一目瞭然であった。

(やっぱり違うものなんだな……)

あれだけサマになっているということは、仕事のときばかりでなく、普段から着物をまとっているのではないか。それこそ、家でも。

（仕事から帰って、あんな綺麗な奥さんが着物姿であれこれ世話をしてくれたら、一日の疲れもすっ飛ぶに違いないぞ）

彼女の旦那は果報者だ。羨ましくて仕方がない。

和服の女性といえば、新潟で関係を持った佳代もそうだった。彼女も確かに魅力的であったが、あれは従業員用の着物だし、上品に着こなすような代物でもなかったろう。

そう考えると、かほりの着物はそれ自体も、高級感溢れるものであった。

（もしかしたら、加賀友禅の着物かもしれないな）

伝統工芸であるそれが、手間がかかって且つ美しく、高価なことぐらい知っている。着物に仕立てれば、おそらく百万円は下らないであろう。

そして、それを着こなす美女は、もっと価値ある存在だと言える。

加賀友禅は、国指定の伝統工芸品だと聞いている。かほりの美しさ麗しさも、国が指定すべきではないか。

そんなことを考えていたら、注文した品が運ばれてきた。

「お待たせいたしました。ホットコーヒーの和菓子セットです」

テーブルに置かれた和菓子は、色彩豊かな煉切だ。和様式の落ち着いた雰囲気の店で食べるのに相応しい。

コーヒーカップも青と白の、古い焼き物っぽいデザインであった。和菓子と並んでいても違和感はない。

それらに手をつける前に、

「金沢へはご旅行ですか？」

かほりがにこやかに訊ねた。

「いえ、仕事です。今日は午後から時間ができたので、こちらにお邪魔しました」

「お仕事ということは、金沢へは何度もお越しですか？」

「ええ。でも、ゆっくり観光できたのは、今日が初めてです」

「そうだったんですか。お客様はどちらから？」

「東京です。北陸新幹線で来ました」

最初にうろたえまくったのが嘘のように、自然な会話ができている。落ち着いたおかげもあるし、彼女の声が優しいトーンで、答えやすかったのだ。

おそらく、お客が途切れて暇だったから、話しかけたのではないか。どんな理由であれ、素敵な女性と言葉が交わせて、嬉しくないはずがない。

「金沢には、いつまでご滞在ですか？」

「明日帰ります」

「じゃあ、奥様にお土産を買っていかれるんですね」

彼女も左手薬指の指輪から、妻帯者と判断したのだろう。それとも、そんなところまでは見ないで、印象からそうだと決めつけたのか。

どちらにせよ、適当に相槌を打てばよかったのである。ところが、

「ひがし茶屋街にも、女性向きのいいお土産物屋があるんですよ。よろしかったらご紹介しますけど」

と、親切心から勧められ、本当のことを言わないとまずい気にさせられた。

「いえ、妻は亡くなりましたので」

告げると、かほりがハッとしたように表情を強ばらせる。

「あ――ご、ごめんなさい」

笑顔が一転、気まずそうに目を泳がせたものだから、康介のほうが居たたまれなくなった。

（やっぱり、適当に誤魔化せばよかったのかも）

今さら後悔しても遅い。

そのとき、三人連れの女性客が来店する。有閑マダムっぽい、年配のグループだ。

「いらっしゃいませ」

かほりが彼女たちの対応に向かったので、康介は安堵した。コーヒーをすすり、ひと息つく。

(余計な気を遣わせちゃったな……)

これから外に出るときは、指輪をしないほうがいいかもしれない。新潟の佳代も、京都の成海も、指輪を見て妻がいると思ったのだ。このままでは、同情を誘うためにはめているようなものだ。

康介は結婚指輪を薬指からはずし、ポケットにしまった。わずかに罪悪感を覚えたのは、まだ完全には吹っ切っていないからか。

(いや、前へ進むって決めたんだから)

これは亡き妻を裏切ることではない。というより、すでに三人の人妻と関係を持ったのだ。指輪をはずすことぐらい、今さらなんだというのか。

なのに、なぜだかモヤモヤするのは、指輪が肉体ではなく、精神的な繋がりを示す証しだからだろうか。

格子の向こうの景色を眺めながら、和菓子をいただき、コーヒーを飲む。畳の席にあがった女性客たちの声が大きく、ちょっとイライラしてきたので、早々に出ることにした。

伝票を手にレジへ行くと、かほりが対応してくれる。そのとき彼女の目が、指輪をはずした左手にチラッと注がれた。

「あ……」

小さな声を洩らし、申し訳なさそうに唇を歪める。

「ごちそうさまでした」

お釣りを受け取り、康介は努めて明るく声をかけた。

「ありがとうございました」

かほりが丁寧に頭を下げ、白い歯をこぼす。ぎこちない笑顔であった。

2

ホテルに戻って休んだ康介は、夜になって再び外出した。美味しいものを食べるために。

(今日はどうするかな……)

何度も訪れているから、金沢の美味しいものはだいたい口にしている。

日本海側で海の幸が豊富であり、寿司や海鮮丼を選ぶことが多かった。海鮮居酒屋にも行ったし、そこではあまり飲まずに、刺身や焼き魚を堪能した。

他に、比較的新しいグルメらしい、金沢おでんも食べた。駅から離れたところに美味しいラーメン屋があるという情報を得て、そちらまで足をのばしたこともある。

そうなると、目新しいものはほとんどない。あとは料亭で加賀料理を食べるぐらいだが、値段的に財布が心配だ。

(やっぱり、無難なところで寿司でも食べようか)

近江町市場に、品揃えが豊富で美味しい回転寿司屋があった。あそこに行こうかと考えつつ、駅前の広い通りを歩いていたとき、

(え、足湯?)

目に入った文字に足を止める。カラフルな看板に、足湯カフェと書かれてあった。表に展示してある紹介文を読んでみると、天然温泉の足湯につかりながら、コーヒーなどが飲める店らしい。

午後からだいぶ歩いて、正直疲れ気味だ。ちょうどいいと、康介は入ってみることにした。

通りに面したガラス窓が大きな店内は、お洒落で明るい印象だ。温泉の足湯という

ことで、なんとなく寂れた雰囲気を想像していたのである。

「いらっしゃいませ」

女性の店員が迎えてくれる。

「おひとり様ですか？」

「はい」

「お席はテーブル席と、足湯の席がございますが」

「ええと、足湯で」

「では、こちらにどうぞ」

窓側は普通のテーブル席で、奥の方に足湯のスペースがあった。

一段高くなったところにあがると、石造りの浴槽がある。横長で浅く、四方の縁に腰掛けられるようになっていた。そこには円形の藁座布団も置いてある。

お湯が流れる浴槽の中央には、長いテーブルが横並びにふたつあった。なるほど、これなら足湯と同時に飲食ができる。

足湯スペースはわりあいに広い。詰めれば二十人は囲めるのではないか。

ただ、テーブル席は半分ほど埋まっていたが、足湯のほうはカップルがひと組いるだけだ。この店に入るひとが皆、足湯を愉しむわけではないらしい。

「靴を脱いでお上がりください。そちらにタオルがありますので、よろしければお使いください」

「わかりました」

康介は脱いだ靴と靴下を端っこに並べ、カップルから離れた位置に腰掛けた。ズボンを膝上までめくりあげ、お湯に足をひたす。

「ふう」

いい湯加減にひと息つく。ほのかに硫黄の匂いも感じられた。天然温泉というのは本当らしい。

（うん。これは癒やされるな）

溜まった疲れも取れる気がする。お湯も循環しており、衛生面にも気を配っているようだ。

メニューを見ると、夕刻からはバータイムでお酒が飲める。スイーツ以外に軽食もあった。

足湯は無料ながら、そのぶん飲食の料金に上乗せされているわけではなさそうだ。どれも手ごろな価格であった。

（足湯は完全にサービスなんだな）

駅の近くで立地もいいし、お客がもっとたくさんいても不思議ではないのだが。たまたま空く時間帯だったのだろうか。

足だけでも温泉気分にひたり、少しだけ飲みたい気分になる。康介は店員を呼び、

「すみません。お勧めのお酒はありますか？」

と、訊ねてみた。

「そうですね。人気があるのは、こちらのスパークリングの日本酒ですけど」

「スパークリングというと、炭酸入りなんですか？」

「はい。特に女性のお客様には好評です」

康介はもちろん女性ではないが、俄然興味を惹かれる。値段は他のアルコールより高めながら、足湯のおかげでからだがポカポカしてきたため、冷たい炭酸が欲しくなっていた。

「では、こちらをお願いします」

「かしこまりました」

注文したものが届くまで、康介は足湯をじっくり堪能した。

（ああ、気持ちいいな）

深さは臑の半ばにようやく届くぐらいだ。なのに、上半身まで熱が伝わってくる。

足のツボは全身に効くそうだから、温めるだけでも効能があるのだろうか。

「お待たせいたしました」

スパークリングの日本酒が運ばれてくる。

飲みきりサイズのボトルは藍色で、いかにも女性が好みそうなお洒落なデザインである。添えられたグラスも、シャンパン用の細いものだった。

いい年をした男がひとりで飲むには、いささか気恥ずかしい。だが、今さら引っ込めてもらうわけにもいかず、とりあえず味わうことにする。

ほんのり琥珀色の液体をグラスに注ぐと、細かな泡がはじける。見た目は日本酒というより、シャンパンそのものだ。

ただ、香りは間違いなく日本酒である。

ひと口飲むと、芳醇な甘さが舌に広がる。味も確かに日本酒で、炭酸のおかげで実に飲みやすい。

(なるほど。こういうのもいいな)

これなら日本酒が苦手な女性でも飲めるのではないか。ただ、飲み過ぎる恐れも無きにしも非ずだ。これで女性を酔わせる不埒な男もいるかもしれない。

味わいながらちびちび飲んでいると、からだがいっそう熱くなる。足湯とアルコールの相乗効果だろう。

そのとき、お客が店に入ってくる。セミロングの髪を肩先で揺らした、若い女性であった。

「いらっしゃいませ。おひとり様ですか？」

「ええ」

「お席はテーブル席と、足湯の席がございますけど」

言われて、女性客が店内を見回す。足湯のほうに顔を向け、康介はまともに彼女と目が合った。

すると、向こうがニッコリ笑ったのである。

（え!?）

康介はドキッとした。どうして彼女が笑顔を見せたのか、まったくわからなかったからだ。

ただ、初対面ではなさそうな気もする。

（……ええと、どこかで会ったんだっけ？）

金沢の知り合いなど、仕事関係ぐらいしかいない。取引先の会社か工場にいたひとだろうか。

しかし、まったく思い出せない。

年は二十代の後半ぐらいだ。ジーンズのミニスカートから、むっちりして健康的な太腿が半分以上もはみ出している。そこも含めて色白で、顔立ちも整っていた。

こんな綺麗なひとなら、忘れるはずがないのだが。

彼女は店員に何やら告げ、足湯のほうにやって来る。靴を脱いであがると、なんと康介の正面に腰をおろした。

「先ほどはどうも」

にこやかに頭を下げられ、ますます面喰らう。先ほどということは、ホテルのフロントにいたひとなのか。

（いや、フロントにいたのは男だったぞ）

では、いったい何者なのか。懸命に記憶をほじくり返す中で、彼女の左手の薬指に銀の指輪を見つける。

「あ、それじゃ——」

思わず声をあげた康介に、美女がクスクスと笑みをこぼす。

「わたしだと、わからなかったんですか？」

彼女はひがし茶屋街のカフェにいた美貌の人妻、宮岸かほりだったのである。

（嘘だろ……）

だいたいにおいて着物をまとうと、男でも女でも年が上に見えるものである。かほりの場合は髪型もアップにし、さらにメイクも濃いめだったから、実際は若いことに気づかなかったのだ。

まあ、着こなしが見事で堂に入っていたために、きっと相応に年を重ねていると思い込んだためもあったろう。

それにしても、今の彼女は、ひがし茶屋街のカフェで見たときとは真逆の身なりだ。太腿もあらわなミニスカートで、上半身もラフな印象のポロシャツである。髪もおろし、メイクも控え目だ。

振る舞いにも、淑やかさはほとんど感じられない。いかにも快活な若い女性というふうで、笑顔もひとなつっこい。

（あれは花街に合わせたスタイルだったのか）

ただ、人妻なのは間違いないようだ。

「す、すみません。こんなに若い方だとは思わなかったもので」

康介が頭を下げると、かほりが怪訝そうに首をかしげた。

「あら、さっきは何歳ぐらいに見えたんですか？」

「ええと、三十歳は過ぎているかなと」

「じゃあ、今は？」

答えづらい質問に、康介はちょっと考えて、「二十七歳ぐらい」と答えた。

「惜しい。二十八歳です」

屈託のない笑みを浮かべられ、ようやく緊張がほぐれる。そもそも十一も年下の相手に緊張するのが、問題ありなのだ。

けれど、和装の色っぽい姿を思い返すと、年上のようにも思えてしまう。

そこへ、店員が注文を聞きにやって来た。

「あ、同じものを」

かほりはスパークリングの日本酒を頼み、康介を見てまた小首をかしげた。

「そのお酒、好きなんですか？」

「え？　いや、店員さんに勧められたもので。飲むのは初めてです」

「美味しいでしょ？」

「はい、とても」

「わたしも好きなんです。ここへは仕事のあと、たまに来るんですけど。立ちっぱなしだから、脚がむくむんですよね」

そのわりに、脹ら脛（ふくらはぎ）はすらりとしているように見えたが。太腿のむっちりした肉づきが際立つほどに。

足元に温泉が流れているためか、腰掛ける部分とテーブルとのあいだが、若干広めである。そのため、正面にいる康介には、彼女の腰回りばかりか、色づいた大腿部も見えていた。

さらに、スカートの裾から今にも下着が見えそうなところも。坐ったことで、太腿の付け根近くまでがあらわになっていたのだ。

そんなところに目を向けたら、気づかれるのは確実だ。彼女は真正面にいるのだから、視線の行き場なんて丸わかりに違いない。

康介は意識して、人妻の胸元から上を見るようにした。

「そう言えば、金沢にはお仕事でいらしたんですよね？」

「ええ」

「今日は初めて観光をされたとおっしゃってましたけど、金沢はいかがでしたか？」

一見のお客が言ったことを、ちゃんと憶えているとは。

まだ若くても、あの仕事に就いて長いのだろう。だからこそ、着物姿もサマになっていたのだ。

「ええ、いい街です。名所はもちろん素晴らしいんですけど、街全体の雰囲気がよくて、住みやすそうだなと思いました」

「はい。本当に住みやすいんですよ」

かほりが嬉しそうに言う。住んでいる街に誇りと愛着があるのだとわかった。

そこへ、注文した日本酒が運ばれてくる。彼女はそれをグラスに注ぎ、前に差し出した。

「それじゃ、乾杯」

「あ、どうも」

康介は自分のグラスを軽く合わせた。

3

足湯の効果でアルコールがほどよく回り、話がはずむ。康介は自分のことを簡単に打ち明けた。仕事のことや、妻を事故で亡くしたことも。

最初は、かほりの下半身が気になっていたのである。そのうち膝が離れ、下着が見えるのではないかと。もちろん、視線を向けないよう注意していたが。

しかし、彼女は太腿をぴったりとくっつけ、決してはしたない姿を見せなかった。

(普段、着物をきているから、きちんとした姿勢が癖になっているんだな)

そうとわかったことで、会話に集中できるようになる。

康介がたびたび出張に出て、旅先で美味しいものを食べることが趣味だと話すと、かほりは興味を示した。

「じゃあ、仲元さんは、金沢では何を食べたんですか？」

「そうですね――」

これまで味わったものを並べると、彼女はなるほどという顔でうなずいた。けれど、何かが足りないという顔も見せる。

「金沢カレーは、召しあがってないんですか？」

「カレーですか……」

康介は我知らず顔をしかめた。

金沢カレーが有名なのは知っていた。カレーそのものも好きである。

ただ、お昼に急いで食事をとる必要があるのならいざ知らず、その地にしかないような美味しいものを食べたいというときに、カレーでお茶を濁すのは本意ではなかった。

そもそもカレーは、外で食べるのもレトルトも、それほど差はないと康介は感じていた。というより、スパイスなどにこだわればこだわるほど、レトルトに近くなるような気がするのだ。

むしろ自分の家で、市販のルーを使って適当にこしらえたほうが、康介の舌に合うのである。そのため、外でカレーを食べることは、ほとんどなくなっていた。まして、旅先のディナーで選ぶことは皆無だ。

ところが、康介の反応から食べていないとわかるなり、かほりは捨て置けない気分になったらしい。

「金沢に来て金沢カレーを食べないのは、金沢を本当に知ったことになりませんよ。お夕飯、まだなんですよね？」

「あ、はい」

「それじゃ、さっそく行きましょう」

彼女が有無を言わせず立ちあがったものだから、康介も従わざるを得なくなった。

ただ、ほとんど反射的に腰を浮かせたのは、最後の最後で人妻の下着がチラッと見えたためもあった。パンチラという餌に食いつき、釣り上げられた魚にも等しかったであろう。

そこの支払いは、かほりがさっさと済ませた。康介が慌てて財布を出そうとすると片手で制し、軽く睨んできたのである。

（金沢には、支払いは必ず女性がするっていう決まりでもあるのか？）

などと考えるほどに、彼女の振る舞いには信念すら感じられた。

「あの……ご馳走様でした」

外に出てから礼を述べると、かほりは振り返ることもせず、片手をひらひらと振ってみせた。姐御みたいな雰囲気があった。

（本当に年下なんだろうか……）

ひょっとしたら、ひがし茶屋街で目にしたほうが本当の姿で、今は若作りをしているだけなのではないか。

先導されて向かった先は、地下の名店街だ。そこに金沢カレーの店があった。

赤と黄色を基調にした内装は派手で、揃いのユニフォーム姿の店員もみんな若い。店の名前からして、間違いなくチェーン店であろう。

（そう言えば、似たような店を他でも見た気がするな）

要は、どこでも食べられる味ということになる。せっかくの夕食をこれで済ますのは、正直勿体ない。

「わたしがお勧めを頼んでもいいですか？」

テーブル席についてメニューを広げるなり、かほりが笑顔で訊ねる。まったく期待していなかったためもあり、康介は「ええ」とうなずいた。

それから、いちおうメニューに目を落とす。

（え、これが金沢カレー？）

目を疑ったのは、カツカレーが大きく載っていたからである。

それはカレーライスの上に、カットしたロースカツがでんと置かれたもので、ソースがかかっている上に千切りキャベツまで添えてあった。これはカツカレーではなく、カツ&カレーライスと呼ぶべきではないか。

しかも他のメニューも、チキンカツや海老フライ、ソーセージなどがカレーに載っている。トッピングが何もないただのカレーライスは、隅っこにひっそりと紹介されていた。

どうやら金沢カレーというのは、カツなどのトッピングを含めての名称らしい。

「すみません。ロースカツカレーふたつ」

お冷やを持ってきた店員に、かほりが注文を告げる。それから康介に向き直った。

「気に入ったら、東京でも食べてくださいね」

「え？」

「このお店、東京にも出店しているんです。場所まではわからないんですけど」

「そうなんですか」

そこまで手を広げているということは、人気のある店なのだろう。

「お待たせいたしました。ロースカツカレーになります」

注文したものが運ばれてきて、テーブルに置かれる。メニューの写真どおりで、康介は改めて目を瞠った。

お皿はステンレス。スプーンはカツを食べることを考慮してか、先割れのものであった。

やはり目を惹かれるのはカツで、油の香ばしさがたち昇ったあとを、カレーの匂いが追ってくる。ほぼカツライスと言えるのではないか。

「いただきます」

行儀よく手を合わせてから、かほりが先割れスプーンを手に取る。最初にカツを刺して、口許に運んだ。

それに倣って、康介もカツからいただく。熱々で、やけどをしないよう息を吸い込みながら食べた。

（……うん、旨い）

四十路目前であり、脂っこいものはあまり食べなくなっていた。だが、このカツはあまり凭れる感じがしない。

ただ、カレーと一緒だとどうなのか。

カレーは黒っぽく、ドロリとしている。食べてみると、それほど辛さはない。むしろこってりして、甘い感じだ。

そのカレーが、不思議とカツに合った。余計に凭れるのではないかと危ぶんだのだが、そんなことはない。互いのいいところを惹き立てあい、味わいをいっそうよくしているふうだ。

いつしか康介は、夢中になって金沢カレーを食していた。カツとカレーライスを代わる代わるに。ときにはカツにカレーをまぶして。

「美味しいですか？」

半分以上も食べたところで、かほりが訊ねる。

「うん、とても」

見ると、彼女も同じぐらいの量を食べていた。

これは時間をかけて味わうものではない。熱いうちに、勢いで腹に入れるものだ。

ステンレスのお皿と先割れスプーンも、その食べ方を促している。

口の中が脂っこくなったら、添えられたキャベツが癒やしてくれる。たちまちひと皿を平らげ、康介はふうとひと息ついた。

（こんな夕食も悪くないな）

冷たい水を飲み、爽やかな気分にもなる。カツとカレーを食べたあとなのに、腹は少しも重くなかった。

「ふう」

同じくお冷やを飲んだかほりが、満ち足りた表情で息をつく。康介を見つめ、白い歯をこぼした。

「満足されました？」

「ええ、とても」

「みたいですね。あ、それと、わたしがさっき言ったこと、憶えてますか？」

「え？」

「金沢カレーを食べないと、金沢を知ったことにならないって」

思わせぶりに目を細め、彼女が身を乗り出してくる。康介もつられて顔を近づけた。

「金沢の女性は、どんな印象ですか？」

「どんなって……」

「もしかしたら、上品ですましているように映るかもしれませんけど、本当はとっても情熱的なんですよ」

空になったカレー皿に、かほりがチラッと目を落とす。

「金沢カレーみたいに、こってりしてるんです」

カツとカレーを食べた名残か、油で艶々した唇に微笑が浮かぶ。康介は思わず息を呑んだ――。

三十分後、ふたりはひがし茶屋街にいた。あのカフェである。

そこは誰かが住んでいるわけではなく、昼間のみ店舗として使用されているらしい。かほりが鍵を開けて入ると、中にひとのいる気配はなかった。

(ひょっとして、かほりさんの実家なのかな?)

だとすると、花街の出自(しゅつじ)なのか。もっとも、彼女自身は芸妓ではなさそうだが。

ただ、この地で生まれ育ち、多少は芸事をたしなんだとすれば、和服の着こなしが見事なのもうなずける。

何をしに戻ったのか、かほりは何も言わなかった。康介を案内し、奥へと誘う。カフェの座卓が並んだ、その向こうの間へ。

そこは、赤い部屋であった。

（わあ……）

康介は茫然と立ち尽くした。

天井の高い和室は、障子戸以外の壁が朱で塗られている。畳にも、緋の絨毯が半面に敷かれてあった。

床の間には、美人画の大きな掛け軸。部屋の隅に黒塗りの大きな衣桁があり、見覚えのある着物が掛けてあった。昼間、かほりが着ていたものだ。

天井の灯りも昔風のデザインで、和の情緒溢れる部屋ながら、どこか淫靡な趣もある。朱い色が、そんなふうに感じさせるのだろうか。

「ここはもともと茶屋なんです。このお座敷で、お客様をもてなしたんですよ。芸妓さんにも来ていただいて」

かほりが説明する。やけに艶っぽい口調なのは、もてなしも色めいていたことを意味するのか。

「か、かほりさんも、それを見たことがあるんですか？」

掠れ声で訊ねると、彼女が「一度だけですけど」と答える。

「ただ、小さい頃だったし、この部屋だったかどうかは、定かじゃないんです。芸妓さんの着物がとても綺麗で、憧れたことはよく憶えてますけど」

その影響で、かほりも着物をたしなむようになったのか。

気がつくと、彼女が後ろにぴったり身を寄せていた。女体のぬくみと柔らかさを感じて、思わず背すじがピンと伸びる。

すると、前に回った手が、シャツのボタンをはずしだした。

「か、かほりさん」

「言ったでしょ。金沢の女は情熱的だって」

耳に温かな息を吹きかけての囁きに、頭がクラクラする。確かにここまで大胆だと、情熱的としか言いようがない。

もっとも、金沢の女性すべてが、かほりと同じではあるまい。彼女はただ、金沢カレーにかこつけているだけなのだ。

上半身を裸にされ、康介は促されるまま後ろを向いた。

二十八歳の人妻が、すっと跪く。ベルトを弛めてズボンを足首まで落とし、あらわになったブリーフを愉しげに見つめた。

「まだ大きくなってないんですか？」

首をかしげ、中心に手をあてがう。途端に、快美電流が背すじを貫いた。

「むう」

たまらず呻き、腰を震わせる。血液がその部分に集中するのがわかった。

「ふふ、大きくなってきた」

着物姿のときの淑やかさが嘘のように、かほりは淫蕩な眼差しを見せている。どっちが本当の彼女なのかと、康介は戸惑った。

（いや、どちらもかほりさんなんだ）

そう確信したのは、牡のシンボルを慈しむように揉まれたからである。

それは自らの欲望にのっとっての愛撫ではなかった。男を感じさせるために、彼女は技巧を尽くしていたのである。

文字通り、奮い立たせるために。

「こんなに硬くなったわ」

ブリーフの前を雄々しく盛りあげる秘茎を、しなやかな指が握り込む。疼きが快感に昇華され、康介は膝を震わせた。

「か、かほりさん」

「見せてくださいね」

ブリーフが引きおろされる。亀頭がゴムに引っかかり、勢いよく反り返った分身が下腹を叩いた。

（ああ、見られた）

全裸に剝かれ、頬が熱く火照る。しかし、猛るものを直に握られ、恥ずかしさも快感に取って代わるようだった。

「立派だわ」

脈打つものを見つめる人妻の目は、心なしか潤んでいるよう。どことなく物欲しげでもある。

まだ若いし、夫との営みは相応にあるのだろう。セックスに飢えていることはないと思うのだが。

（実はけっこう肉食系で、旦那さんとのセックスだけじゃ物足りないのかも）

だからこそ、こうして行きずりの男を誘惑したのか。

強ばりきったものを数回しごいてから、かほりはそれを躊躇なく口内におさめた。

「あああ」

康介は声をあげ、反射的に腰を引いた。けれど、口はしっかり追いかけてくる。強く吸われ、舌もねっとりと絡みつかされた。

（ああ、そんな……）

温かく濡れたものに包まれて、ペニスがはしゃぐように脈打つ。這い回る舌が敏感なところを狙い、てろてろと味わうように舐められた。

立っているのが困難になるほどの、技巧的なフェラチオ。陰嚢も指で優しく刺激される。

「くうう」

ピチャピチャとしゃぶられる亀頭が、くびれからぽろりと溶け落ちそうだ。まさに蕩かされる心地がする。

康介が今にも崩れ落ちそうなのを、かほりも気がついていたのだろう。唾液にまみれた肉根から口をはずすと、

「ここに寝てください」

絨毯の上に、横になるよう促した。

フラつきながら尻をつくと、足首に止まっていたズボンとブリーフを奪われる。康介は一糸まとわぬ姿で、少しチクチクする絨毯に背中をつけた。

「いっぱい感じてくださいね」

腰の横に正座した人妻が、牡の真上に顔を伏せる。そそり立つものを少しずつ呑み

ながら、舌をてろてろと回した。

(気持ちよすぎる……)

からだのあちこちが、ビクッ、ピクンと痙攣する。自然と脚を開いてしまうと、牡の急所が再び愛撫された。揉むように、さするように、優しく弄ばれる。

おかげで、性感が急角度で上昇する。爆発するのは時間の問題だ。

一方的に悦びを与えられているばかりなのである。このままでは申し訳ないという気にもさせられた。

康介は身をよじって上半身を起こし、かほりの下半身に手をのばした。細い足首を摑むと、彼女が漲りを頰張ったまま、チラッとこちらを見る。

「うう」

小さく唸り、咎めるように目を細くする。それにもかまわず足首を引っ張ると、仕方ないというふうに脚を崩してくれた。

(まだだ。もっと——)

フェラチオを続けたまま、かほりが渋々と下半身をずらす。根気よく促すことで、胸を逆向きで跨いでくれた。

目の前に、ボリュームのあるヒップが差し出される。その体勢になれば、短いスカートなど、あって無きが如しだ。清楚な白いパンティを拝むことができる。

しかし、それでは物足りない。康介は少しも遠慮せず、スカートをウエストまでたくし上げた。

「ンふ」

下着尻をあらわにされ、人妻が咎めるように鼻息をこぼす。それにもかまわず豊臀を撫でさすると、ぷりぷりと左右にくねった。

そのとき、ほんのり酸っぱいような、なまめかしい匂いを嗅ぎ取る。

（おれのをしゃぶりながら、昂奮してるんじゃないのか？）

天井の灯りはあまり明るくない。しかも逆光線のため、クロッチは影になっている。濡れジミが浮かんでいたとしても、目では確認できない。

ならばと、康介はたわわな丸みを両手で引き寄せた。

「――あっ」

かほりが勃起を吐き出し、声をあげる。そのときはすでに、下着尻が顔面に重みをかけていた。綿の柔らかさと尻肉のもっちり具合が、窒息感を快いものにしてくれる。

（……やっぱり、濡れてたんだ）

クロッチにめり込んだ鼻が、蒸れた熱さと湿り気を感じる。思ったとおり、そこは淫靡な蜜をこぼしていたようだ。

さらに、熟成された趣の秘臭が、鼻奥にまで流れ込む。男を昂ぶらせる、いやらしい牝の匂いが。

「もう、バカぁ」

やるせなさげな声でなじり、かほりが屹立の根元を握る。亀頭を口に入れ、咎めるようにチュパッと舌鼓を打った。

そして、せっかく与えてくれた艶尻を、さっさと浮かせてしまう。

ならばと、康介は薄物のゴムに指をかけた。つるりと剥きおろせば、艶やかな双丘があらわになる。

(ああ、かほりさんのおしり――)

綺麗な肌は眩しいほど白く、さすが加賀美人だと妙なところで感心する。もちろん、劣情もそれ以上にこみ上げていた。

ところが、じっくり観察する猶予は与えられなかった。剥き身のヒップを、彼女がいきなり落下させたのだ。

「むぷッ」

もちもちしたお肉で顔面を潰され、康介は反射的にもがいた。だが、女芯にもぐり込んだ鼻が濃密な淫香を捉えたことで、金縛りに遭ったみたいに動きが止まる。

そこは恥叢が濃く繁茂し、様々な成分を溜め込んでいた。汗や分泌物の他に、子供じみたオシッコの匂いもある。

(すごい……)

性器の生々しいパフュームは、美しい人妻のものだけに牡を昂ぶらせる。昼間見た品のある和装からは信じられない、ケモノっぽいかぐわしさだ。

自身の媚薫が男を虜にすると、かほりはわかっていたのだろうか。肉厚の臀部をぐいぐいとこすりつけ、陰部の臭気を嗅がせながらフェラチオを続ける。

それも、頭を上下に振って肉棒を吸いたてるという、明らかに射精させるつもりの口戯だ。

もちろん、玉袋を愛でることも忘れない。あたかもザーメンを吸い出すポンプのごとく、絶妙な力加減でモミモミする。

「むうううううッ」

なまめかしい女くささで理性を粉砕されていたため、康介は少しも堪え性がなかった。めくるめく愉悦に理性を流され、ビクンビクンとしゃくり上げる分身から、熱い樹液を勢いよく噴きあげる。

「んッ」

その瞬間、かほりが小さく呻き、身を強ばらせる。

だが、すぐに舌を回して、次々と溢れる牡汁を巧みにいなした。さらに、精液を搾り取るように、きつく締めた指の輪を上下に動かす。

(ああ、すごく出てる……)

康介は最後の一滴まで、気持ちよく放つことができた。

「——はあ」

女芯に口許を塞がれ、ほとんど窒息しそうになっていたものだから、ナマ尻が離れると同時に大きく息をつく。胸を大きく上下させ、不足していた酸素を補給した。

「いっぱい出たわよ」

顔を覗き込んだかほりが、愉しげに報告する。濡れた唇を思わせぶりに舐めたから、口内発射されたものはすべて飲んだらしい。

オルガスムスの気怠い余韻と罪悪感にまみれ、康介は何も言えなかった。

4

脱力感が著しく、康介はしばらく動けなかった。すると、かほりが添い寝してくれる。いつの間に脱いだのか、彼女も素っ裸であった。

ふっくらした乳房が二の腕に押しつけられ、肌を優しくさすられる。絶頂後のからだが、うっとりする快さにひたった。

「そんなに気持ちよかったの？」

かほりが問いかける。だらしなく果ててしまった男を、愛おしく感じているのか。言葉遣いが目下に対するものになっていた。

康介の耳には、それが心地よく響いた。年下の人妻に、甘えたい気分にさせられていたのである。

「はい。気持ちよかったです」

敬語で答えると、彼女がクスッと笑う。覗き込む眼差しには、慈しみが宿っていた。

「みたいね。いっぱい出てたもの」

「あ――ううう」

たまらず呻いたのは、しなやかな指がペニスを摘まんだからだ。そこはすでに力を失い、縮こまっていた。

「可愛くなったわね」

包皮を戻したり剝いたりして弄ぶ人妻。射精後で過敏になっているから、腰をよじらずにいられなかった。

「うう、かほりさん——あ、あの、ちょっと訊きたいことがあるんですけど」

息をはずませつつ告げると、彼女が「なに？」と訊き返す。

「かほりさんがこういうことをしたのは、おれが妻を亡くしているとわかって、同情したからなんですか？」

どうして彼女が自分をかまうのか、気になっていたのである。

足湯カフェで再会したときから、かほりは親密な態度を見せていた。こちらは、彼女の店を訪れたお客に過ぎないのに。

その理由を考えても、昼間の指輪のことぐらいしか思いつかなかったのだ。

「同情か……」

その言葉を反復し、人妻が「んー」と唸る。

「同情よりは、共感のほうが近いかも」

「え、共感って？」

「何となく、似ている気がしたの。わたしとあなたが」

どういうことなのか、康介にはさっぱりわからなかった。

すると、彼女に左手を取られる。薬指をさわられて、胸が少し痛んだ。そこには、すでに指輪はない。

「これ、はずしたのは、わたしに気を遣ったから？」

「いえ、あの……」

「あのね、わたしももうすぐ、結婚指輪をはずすことになるの」

「え、どうしてですか？」

「別れるから。もう別居してるし、あとは条件が折り合えば、離婚届を提出できるの。それで夫婦関係はおしまい」

突然の告白に、康介は驚愕した。

「離婚の原因は何なんですか？」

訊ねてから、しまったと後悔する。そんなことに、赤の他人が立ち入るべきではないのだ。

けれど、かほりは気分を害した様子も見せず、淡々と述べる。

「どうしてかしらね……ふたりとも若かったのかもしれないし、価値観が違ったのかもしれない。とにかく、うまくいかなくなったとしか説明できないわ」

二十八歳とは思えない、どこか達観したふうな物言いであった。花街に生まれ育ったため、彼女は幼い頃からませていたのだろうか。

「ただ、もう別居して一年近いの。離婚するのは決まっているから、結婚指輪なんてしなくてもかまわないんだけどね。現に、旦那はとっくにはずしてるもの」

「……あの、かほりさんは、どうしてはずさないんですか?」

あるいは、まだ夫を愛しているのか。密かに想像した康介であったが、どうやら違ったらしい。

「たぶん、結婚したことを無しにしたくないんだと思うわ。正直、旦那への未練はこれっぽっちもないんだけれど、結婚したのは事実なんだもの。もう愛情はなくなっても、かつて愛し合った事実は消せないのよ。たとえ、相手が目の前からいなくなってもね」

その言葉に、康介はハッとした。自分が指輪を外せなかったのも、晶子との結婚を無かったことにしたくないという気持ちからだったのだ。

「てことは、やっぱり未練になるのかしら。旦那に対してじゃなくて、結婚そのものに対してのね」

　かほりがやれやれというふうにこぼす。

「仲元さんは、亡くなった奥さんのことを今でも愛しているから、指輪がはずせなかったんでしょ？　そこのところは、わたしと違っているわね。わたしの場合は、ほとんど意地みたいなものだから」

「いや、意地ってことは……」

「あのとき、仲元さんに奥さんへのお土産のことを訊いたのは、妬ましさもあったのよ。ホント、自分でもイヤになるわ。金沢の女は、あっさりとなかったことにできないの。カレーと同じでしつこくて、こってりしてるのよ」

冗談めかした言葉に、康介はうなずけなかった。ただ、たしかに彼女はカレーと同じかもしれないと思う。

　こってりしたところではない。ルーの中に溶け込んだ甘さだ。それは密着している女体そのものにも感じる。

「カレーと同じってことは、やっぱりトッピングが必要ですね。上にでんと載ってくれる、カツみたいな男性が」

　康介の喩えに、かほりが頬を緩める。

「じゃあ、今だけでいいから、わたしのカツになってくれる？」

「ええ、もちろん」

「よかった……」

言葉を交わすあいだ、彼女はずっとペニスを愛撫していた。そこは力を取り戻し、八割方まで膨張を遂げていた。

「また元気にしてあげる」

かほりが身を起こし、牡器官を再び口に含む。舌を絡みつかせ、丹念にしゃぶってくれた。

「かほりさんのも、おれに――」

求めると、恥じらいながらもヒップを与えてくれる。再びシックスナインの体勢になり、ふたりは互いの性器をねぶり合った。

「む――ンふっ」

強ばりを頬張ったまま、彼女が鼻息をこぼす。それが陰嚢の縮れ毛をそよがせ、妙にゾクゾクした。

じゅわ……。

温かなラブジュースがこぼれる。かなり感じているようだ。

（ああ、美味しい）

蜜にまみれた秘苑は、こってりとして甘い。金沢のひとには申し訳ないが、金沢カレーより美味だと思った。

そして、正直な秘香にも劣情を煽られ、分身が力を漲らせる。

「ぷは――」

かほりが口をはずし、ハァハァと息をはずませた。

「ね、これ、ちょうだい」

唾液に濡れたものをしごいておねだりする。

今度は彼女が仰向けになり、康介が身を重ねる。猛々しく脈打つものが握られ、温かく濡れた淵に導かれた。

「ここよ」

かほりが腰をくねらせ、切なげな眼差しを見せる。情愛に駆られ、康介は真っ直ぐに進んだ。

「あ、あっ、来るぅ」

茶屋の一室に、美女の艶声が反響する。

「あああ」

康介も声をあげた。強ばりきった分身が、狭い穴をヌルヌルと侵略し、腰が気怠くなる快美が生じたのだ。

ふたりの陰部が重なり、性器が深く交わる。

「かほりさん、入ったよ」

告げると、彼女が何度もうなずく。牡を迎えた蜜芯がすぼまり、ペニスをしっかり捕まえた。

「ね、動いて……いっぱい突いて」

淫らな要請に応え、腰を前後に振る。たっぷりと濡らされた膣が、ずちゃっと卑猥な粘つきをこぼした。

「おおお」

より深いところで感じているふうなよがり声。裸身が波打ち、乳房がたぷたぷとはずんだ。

(うう、気持ちいい)

粒立った膣ヒダが、前後するくびれに引っかかり、康介も悦びにひたる。ピストン運動が速まり、リズミカルに女体を突きまくった。

「あ、あ、あ、あん、感じる」

嬌声が、赤い部屋を淫ら色に染める。

性器を交わしながら、唇を重ねる。貪るようなキスは、口でするセックスと言えた。

「んんん……ンふっ」

切なげな吐息が、重なった唇の隙間からこぼれる。情感が高まり、悦びもひとしおであった。

絡みあう裸体が汗ばみ、周囲の朱色を反射させる。それはあたかも、部屋と一体化したかのような眺めであったろう。

かつて饗宴があった部屋で、今は男と女が熱情の宴を繰り広げていた。

「ぷは——ああ、も、もうイキそう」

くちづけをほどき、かほりが頂上を予告する。

「おれも……もうすぐ」

「いいわ。な、中にちょうだい」

つい先刻、ほとばしりを口で受け止めたばかりなのに、今度は膣にも注がせようというのか。

彼女の中を己の体液で満たすようで、康介は躊躇した。しかし、今さら行為を中断することはできない。

（ええい。かほりさんが求めてるんだ）

自身の欲望にも煽られて、女膣を一心に抉り続ける。間もなく、全身を甘美な波が包んだ。

「ああ、あ、出るよ。いく」

「わたしも……あああ、イクイク、い、イッちゃうぅぅううう」

「か、かほりさんっ！」

名前を呼ぶなり、頭の中が真っ白になる。熱いものが肉根の中心を駆け抜けた。

びゅッ、びゅくんっ！

鈴口を広げて、粘っこい体液が放たれる。

「ああーん」

体奥に温かさを感じたか、かほりが悩ましげに喘ぐ。裸体をヒクヒクとわななかせ、間もなくぐったりと力を抜いた。

その上に、康介も脱力して身を重ねる。二回連続の射精で疲労が著しく、体重をかけまいと気遣う余裕はなかった。

すると、彼女は男の重みが心地よいのか、嬉しそうに下から抱きついてくる。

「……気持ちよかった。いっぱい出してくれたみたいね。ありがとう」

お礼を言うのはこちらなのにと思いつつ、康介は言葉にならない呼吸を繰り返すばかりであった。

第五章　ぶりかつとぷりけつ

1

朝九時過ぎに新潟港を出航したカーフェリーは、一路佐渡島へと向かっていた。

天気がよく、蒼い海も細かな波を立てる程度である。そこに反射する陽光が、キラキラと眩しい。

康介は後部甲板で目を細め、次第に遠くなる本土を見つめた。

(……佳代さん、元気でやってるかな)

そこに住んでいるはずの、人妻に思いを馳せる。淑やかな微笑が、かすんで映る景色に重なった。

昨日は、新潟支社の二度目の研修だったのである。

支社に採用された佳代の夫の、働きぶりがなかなかだと聞かされ、康介はよかったと胸を撫で下ろした。紹介した手前もあるし、何より彼女たち夫婦のことが気がかりだったのだ。

夜には、例のへぎそば屋を訪れた。

残念ながら、佳代には会えなかった。たまたま休みだったのか。それとも夫が再就職できたことで、働く必要がなくなったのか。

店員に訊ねようかと考えたものの、康介は思い直し、あの日のように日本酒と肴をいただいた。心の中で、優しい人妻に祝盃をあげて。そして、へぎそばを食べてホテルに帰ったのである。

顔を見られなかったのは残念でも、これでいいんだという気持ちもある。会ったからどうなるものでもないし、あれはやはり、一夜の思い出とすべきなのだ。

ただ、佳代との交歓が、前へ進むきっかけを与えてくれたのは事実。そのことへの感謝は忘れるべきではない。

もっとも、その後の出会いもすべて人妻というのは、何かの縁なのか。できれば末永く親しくできる相手とも、知り合いたいのであるが。

(ま、佐渡でも出会いがあるかもしれないしな)

仕事で向かうのに、珍しく浮かれ気分なのは、初めての離島への出張だからだ。海を越えて行くのは、やはりロマンがある。船酔いなど気にかけることなく、康介は未知の土地へ思いを馳せていた。期待と憧れを胸にして。

今回は、佐渡に工場のある機械メーカーとの提携のため、情報交換に訪れるのである。両社の関係が確立されれば、今後も島へ渡る機会があるだろう。

（どんなところなんだろうな、佐渡って）

知っているのは、日本海で最も大きな島であることと、金山があることぐらいだ。食べ物に関しても、海の幸が豊富ということぐらいしか知らない。

（たしか、ブリとズワイガニが有名なんじゃなかったかな。あと、牡蠣（かき）も）

だが、どれも旬は冬だ。今の季節だと口にできなさそうである。

それでも、何かしら美味しいものはあるだろう。

今朝は船に乗る前に、新潟港で朝食を摂った。ターミナルの立ち食い蕎麦屋だったのだが、蕎麦やうどんのトッピングに、メカブやナガモ、ワカメなど、海藻類が豊富なのに驚かされた。岩のりラーメンなるものもあった。

佐渡も海藻類は豊富なはず。佐渡わかめはお土産で有名だ。

ただ、夕食が海藻三昧（ざんまい）では物足りない。やはり魚や貝といった海の幸が食べたい。

仕事のことより、美味しいものが気になる康介であった。

二時間半ほどで、佐渡汽船両津港ターミナルに到着する。

船室で横になったら眠ってしまい、気がつけば着船していた。あまり船旅を満喫できなかったものの、おかげで船酔いをせずに済んだようである。

下船口を出て、大勢の乗船客たちに紛れるようにターミナルの通路を歩く。出迎え場所に着いたところで、康介はあたりをきょろきょろと見回した。

（たしか、迎えが来てるはずだけど……）

それらしきひとを探していると、

「仲元さんですか？」

すぐ近くで声がして、ドキッとする。

「え？」

横を見ると、事務服姿の女性がいた。ニコニコと、愛想のいい笑顔を浮かべている。

「あ、ええと、ひょっとして内村電製の――」

訪問する予定の会社名を口にすると、

「はい。事務員の本間敦美（ほんまあつみ）です」

と、自己紹介をされる。迎えの人間に間違いないようだ。てっきり男性社員が来ると思い込んでいたから、目に入らなかったらしい。

三十路前後と思しき彼女は、人好きのする笑顔が印象的な女性だ。おそらく職場でもみんなから慕われ、愛されているに違いない。

事実、初対面にもかかわらず、康介も好感を抱いたのだから。

「あの、おれが迎えの相手だって、どうしてわかったんですか？」

駐車場に向かう途中で訊ねると、

「きょろきょろなさっていたのは、仲元さんだけでしたから。きっとそうだなってピンと来たんです」

要は、お上りさんみたいだったわけか。みっともなかったなと、恥ずかしくなる。

「それに、いかにも技術職っぽい雰囲気もありましたから。ウチの会社のひとたちと、似た感じがしたんです」

敦美は事も無げに答えた。なかなか観察眼が鋭いようだ。

彼女の手には、康介のバッグがある。重いからいいと断ったのに、お客様ですからの一点張りで、半ば強引に奪い取られたのだ。

それは本当に、かなりの重さがあった。ところが、敦美は平然と歩いている。見た目はごく普通の女性ながら、けっこう力があるのか。

(島の女性は逞しいのかな)

などと、勝手に想像する。

ただ、駐車場に停めてあった車は、いかにも女性っぽい、赤い軽自動車であった。

会社のものではなく、自家用車とのことだ。

「真っ直ぐ会社に向かいますね。三十分ほどかかりますけど、お昼は会社のほうで用意してありますので」

車を走らせてから、敦美が言う。

「そうですか。すみません」

康介は助手席で、彼女の横顔に頭を下げた。後ろは狭いからと、前の席を勧められたのである。

そのとき、ハンドルを握る左手の、薬指に光る指輪に気がつく。

(本間さんも人妻なんだな)

これも佳代から続く縁なのか。もっとも、敦美とまでどうこうなると決まったわけではない。

「わざわざ出迎えまでしていただいて、ありがとうございます」

改めて礼を述べると、人妻事務員は「いいえ」と朗らかに答えた。

「迎えがないと、仲元さんもお困りでしょうから」

「まあ、たしかに。でも、バスがあるんですよね？」

「本数は少ないですけどね。平場に住んでいるぶんにはまだいいんですけど、島の生活に車は欠かせません」

「ひょっとして、お年寄りもですか？」

「ええ。元気なうちは、みんな運転してますよ」

たしかに、対向車線を走る車は、高齢者のマークをつけたものが目立つ。それから、東京ではあまり見かけない、軽トラックが多かった。

佐渡は、平行するふたつの山脈が平地で繋がれ、「工」の字を斜めにしたようなかたちをしている。船が着いた両津港は島のくびれ部分、右側の湾にあり、訪れる会社はその反対側の湾に近いところにあるとのこと。

つまり、車は平野を横断しているのだ。

なるほど、車から見て左右両側に山脈がある。特に右手側は、かなり標高がありそうだ。

「佐渡って、けっこう大きいんですね」

康介は感慨を込めて言った。日本海側で最大といっても、やはり離島ということで、こぢんまりしたところという思い込みがあったのである。

しかし、こうして車に乗り、景色を眺めながら走ることで、その大きさを実感せずにはいられなかった。

「ああ、そう言うひとは多いですね。今は佐渡市になりましたけど、かつては十の市町村があったっていうと、それだけ驚かれたりとか」

「え、そうだったんですか？」

「もう十何年も昔のことですけど」

人口もだいぶ減ったと、敦美はしみじみした口調で言った。地方はどこも人口減や高齢化の問題を抱えており、佐渡も例外ではないようだ。

あまり深刻な話になっても何なので、康介は気になっていたことを訊ねた。

「佐渡の美味しいものっていうと、何でしょうか？」

「やっぱり海産物でしょうね。魚も貝も海藻も、何でも美味しいですよ」

「なるほど。佐渡にしかないものってあるんですか？」

「佐渡にしかない……『いごねり』かしら」

「いごねり？」

「えご草っていう海藻を煮詰めて、固めたものです。新潟にもあるんですけど、あっちはコンニャクみたいに板状なんです。でも、佐渡のいごねりは、薄くしたものを巻いた状態で売ってるんです。それを切ってうどんのようにして、醤油をかけて食べるんですよ」

海藻を固めたというと、トコロテンみたいなものだろうか。それは食べてみたいなと、康介は思った。

「あと、海藻だともずくですね。佐渡のもずくはシャキシャキしてて、歯ごたえがあるんです」

「へえ」

「他のところのもずくを食べると、軟らかくて物足りないんですよね。ああ、それから、ふぐの子もありますね」

「ふぐ?」

「ごまふぐの卵巣を粕漬けにしたものです」

「え、だけど、ふぐって毒がありますよね?」

「ええ、もちろん。特に卵巣なんて猛毒ですよ」

さらりと言われ、康介は震えあがった。

「そんなものを食べてだいじょうぶなんですか？」

「二年以上塩漬けにすると、毒が抜けるそうです。もちろん、素人には扱えないですけど。それをさらに時間をかけて粕漬けにすることで、塩気が抜けて美味しくなるみたいですよ」

「みたいってことは、本間さんは食べたことはないんですか？」

「ないですね」

そうすると、島の人間が全員、好んで食べているものではないらしい。

「珍味ですから、好きなひとは好きなんです。佐渡汽船のお土産物屋に売ってますから、興味がおありでしたら買っていかれたらいかがですか？」

「そうですね……」

康介は曖昧な返事をした。興味深いのは確かでも、猛毒のものを口にするのは勇気がいる。たとえ毒が抜けているのであっても。

「そう言えば、他のところにもふぐの子があるって聞いたことがありますよ。確か金沢に、ふぐの子の糠漬けがあるって」

康介が思わずドキッとしたのは、ふぐとは関係なかった。金沢の人妻、かほりを思い出したからだ。

（そうか、金沢にも……）

　これも何かの因縁なのかと、胸の内でこじつける。

「佐渡はお米も美味しいですよ。あと、お酒も。今夜はご馳走しますから、期待してくださいね」

　にこやかに言われ、康介は「え？」となった。

「あの、ご馳走しますって――」

「仲元さんが泊まられる民宿は、わたしの実家なんです」

　今夜の宿泊先は、訪問する会社のほうで用意すると言われていたのだ。まさか、社員に縁のある民宿だとは。

　もちろん、宿泊費は会社のほうで支払うのだろう。縁故関係でまかなうのは、狭い地域ではありがちなことだ。

　康介としては、美味しいものが食べられればそれでいい。民宿ということは、地元の特産品をたんと振る舞ってもらえるのではないか。

　それに、チャーミングな人妻の実家というのも、嬉しいではないか。

　もっとも、実家ということは、敦美はすでに余所へ嫁ぎ、家を出ているわけである。べつに彼女が歓待してくれるわけではない。

（本間さんのご両親か、きょうだいが経営してるんだろうな）

敦美の母親なら美人かもしれないが、さすがに五十路を越えているであろう女性を、どうこうしようとは思わない。

（って、何を期待しているんだ？）

佐渡へは仕事で来たのである。まずはそちらを気にするべきなのに。

美味しいものを食べるのは、あくまでも仕事が終わったあとのこと。それに、いつも出張先に、色事がついて回るわけではない。これまで人妻たちと甘美な経験が持てたからといって、本末転倒になってはいけないのだ。

と、反省したものの、

「お米も、ウチの田んぼでこしらえたものなんです。とっても美味しいんですよ」

などと言われ、思わず腹の虫をならす康介であった。

2

先方の会社との情報交換は滞りなく終わり、これからの提携に向けていい感触が得られた。

（佐渡のひとたちは真面目なんだな）

康介は島のひとびとの人柄を肌で感じた。こちらの話を真剣に聞いて、先を見通した提案をしてくれる。実に有意義な時間を過ごすことができた。

おかげで、終わったときには、予定した時間をだいぶ過ぎていた。時間が経つのも忘れて話し込んだからだ。

「長い時間ありがとうございました。宿までは本間に送らせますので」

担当者が恐縮して頭を下げる。

「いえ、こちらこそ、ありがとうございました」

康介も礼を述べた。

来たときと同じ軽自動車に乗り込む。敦美は事務服ではなく、私服に着替えていた。

（なんだか印象が違うな）

事務服が少々野暮ったかったからだろうか。ブラウスにスカートという清楚な身なりながら、彼女をいっそう魅力的に見せている。

「すみません。実は、仲元さんにお詫びしなくちゃいけないことがあって」

車を走らせるなり、人妻が申し訳なさそうに言った。

「え、どうかしたんですか？」

「実は、ウチの母が具合を悪くして、今夜の食事が作れなくなったんです」

「ええっ⁉　お母さん、だいじょうぶなんですか？」

「はい。ただの風邪ですので、心配はないんです。ひと晩休めば、よくなると思いますので」

「それならいいんですけど……お大事になさってください」

「ありがとうございます。あ、宿泊のほうは問題ありません。ただ、お食事は申し訳ないんですけど、外で食べていただくことになります」

「外で？」

「わたしがご案内します」

民宿のご飯が食べられないのは残念ながら、ちゃんと他があるようで安心する。どうやら店へ連れていってくれるらしい。

十数分ほど走って到着したところは、寿司屋であった。

(てことは、佐渡の海の幸が、存分に食べられるのか)

だったら不満はない。ただ、民宿でまかなうよりも、こちらのほうが高くつくのではないかと心配になる。

「予約した本間です」

敦美が告げると、店員がすぐに案内してくれた。

ネタの並んだガラスケースが立派なカウンターの、後ろ側が座敷席になっている。しかもすべて個室だ。佇まいからして高級そうである。

その、座敷席のひとつに通された。他はすべてお客が入っていたようだから、人気のある店らしい。

「お好きなものを頼んでください」

座卓で向かい合うと、敦美がメニューを広げて前に出してくれる。あまり高いと頼みづらいなと思ったものの、見ればごく普通の値段であった。むしろ東京と比べれば安いぐらいではなかろうか。

(やっぱり海産物が豊富だから、寿司も安いのかな)

これなら安心して頼めそうだと、メニューをめくって驚く。何ページもあるのを奇妙に感じていたのだが、何と定食やご飯もの、麺類までずらりと並んでいたのだ。

(え、ここ、寿司屋だよな?)

カレーやカツ丼、ラーメンまである寿司屋は初めてだ。他に一品料理もあり、そこらのレストランも真っ青の品数である。

「ここ、何でもあるんですよ」

敦美がちょっと得意そうに言う。

「今は建物も新しくなってますけど、けっこう昔からある店で、そのときからメニューは多かったって聞いてます」

「それって、寿司だけだと商売にならないからですか？」

「どうなんでしょう。ただ、昔は外食できるお店が少なかったそうなので、お客さんの要望に応えて、何でもそろえるようにしたのかもしれませんね」

だとしても、肝腎の味はどうなのか。寿司以外は美味しくないのでは、メニューが多くても意味はない。

「ちなみに、お寿司以外のお勧めって何ですか？」

康介の質問に、彼女は「ラーメンですね」と即答した。

「そこらのラーメン屋さんのラーメンより、ずっと美味しいですよ。わたしはタンメンも好きですけど」

「ラーメンですか……」

メニュー見ると、なるほど、ラーメンと寿司のセットメニューがあった。つまり、両方を頼むお客が多いということだ。

「じゃあ、このラーメンと寿司のセットを」

「ラーメンは普通のと、半ラーメンもありますよ」

康介はちょっと考えて、「半ラーメンにします」と答えた。どのぐらいの量かわからなかったし、足りないなら足りないで、他のものも食べたいと思ったからだ。

敦美は障子戸を開けて店員を呼び、半ラーメンの寿司セットとタンメンを頼んだ。

「あ、お酒はどうしますか?」

「いえ、お茶でけっこうです。あまり飲めませんので」

康介は丁寧に断った。べつに頼んでもよかったのであるが、敦美は運転があるし、ひとりで飲むのは気が引ける。

店員が下がると、康介は個室の壁を眺めた。

(だけど、本当になんでもあるんだな)

メニューに載っていなかった料理も、壁に短冊で貼りだしてある。一品料理や旬のもの、珍味の類いもあった。ただ、ふぐの子は見当たらない。

それらの中に、康介の興味を引いたものがあった。

「この、『ブリカツ丼』って何ですか?」

訊ねると、敦美がクスッと笑う。

「やっぱり気になりますか? 何年か前に誕生した、ご当地グルメってやつなんです。

名前のとおり、ブリをカツ丼にしたんですよ」

「ブリって、魚のブリですよね？」

「ええ。ブリカツ丼を出す店は、島の中でも数軒しかないんです。あ、ブリカツくんっていうゆるキャラもいるんですよ」

ブリのカツ丼とは、いったいどんなものなのか。ちょっと想像できない。味も含めてであるが。

ただ、ゆるキャラも作ったということは、かなり力を入れているらしい。

（まあ、今じゃどこへ行ってもゆるキャラがあるものな）

離島の佐渡も例外ではないということだ。

「ブリカツ丼、食べますか？」

「え？　いや、でも……」

「ハーフサイズがありますから、男のひとなら食べきれますよ」

言われて、だったらとその気になる。他では目にしたことがないし、話のタネにもなるだろう。

「じゃあ、ハーフサイズをお願いします」

「わかりました」

そのときお茶と、セットのお寿司が先に運ばれてきた。敦美はブリカツ丼を注文すると、

「お先にどうぞ」

と、康介に食べるよう勧めた。

「では、遠慮なく」

すぐに食べたくなったのは、寿司が美味しそうだったからである。

(ネタが大きいな)

中にはシャリが隠れて見えないものもある。小皿に醤油を垂らし、胸を躍らせながら、まずは甘エビをいただいた。

(おお、旨い)

身がプリプリしているのに、噛むと蕩けるのだ。そして、口の中に海老の甘みが広がる。

シャリの酢加減も抜群で、すぐに次のネタが味わいたくなる。康介は心の欲するままに、二貫目も口に入れた。名前はわからないが、白身の魚だ。

「いかがですか?」

人妻の問いかけに、寿司を頬張ったまま、

「はひ、とても美味しいれす」

と、行儀悪く答える。彼女は愉しげに笑みをこぼした。

そこへ、ラーメンとタンメンも運ばれてくる。

(ああ、こっちも美味しそうだ)

寿司が美味だったぶん、ラーメンへの期待も高まっていた。少なくとも、見た目と香りは合格である。

スープはおそらく醬油味であろう。ただ、透き通っており、色は淡い。

麺の他はネギとチャーシューとメンマ、そして半月にスライスした蒲鉾という、ごくシンプルなものだ。一方、タンメンは野菜が器からこぼれそうに山盛りで、そちらも食べたくなる。

しかし、そういうわけにはいかない。とりあえず寿司を中断し、レンゲでラーメンのスープをすする。

「うん」

康介は思わず、声を出してうなずいた。

出汁は鶏ガラではなかろうか。見た目そのままにあっさりで、優しい味だ。余計なものをすべて取り除き、大切なものだけを残したという感じである。

気がつけば、康介はスープだけを何口もすすっていた。寿司を食べたあとでも、口の中を少しも邪魔することがない。

さらに、麺もよかった。縮れた細麺が、あっさりスープによく合う。シンプルなぶん、飽きのこない味だ。

康介は寿司とラーメンを並行して食べた。こんな食べ方をしたのは初めてだ。どちらも美味しく、両者が互いを称賛し、高めあっているふうでもあった。

(ああ、もっと食べたい)

残り少なくなったところで、ラーメンを普通サイズにすればよかったと後悔する。

寿司もまだまだいけそうだ。

結局、敦美がタンメンを半分も食べないうちに、すべて平らげてしまった。

「食べるのが早いんですね」

あきれたふうな眼差しを向けられ、康介は首を縮めた。

「すみません。すごく美味しかったもので」

ラーメンは、スープもすべて飲み干していた。

「まだ食べられそうな感じですか?」

「ええ、まあ」

「だったら、ブリカツ丼も頼んで正解でしたね」

その言葉で、まだ注文したものがあったことを思い出す。寿司とラーメンに夢中になり、すっかり忘れていたのだ。

(このぶんだと、ブリカツ丼も――)

期待が高まったところで、それがやって来る。

「お待たせしました。ブリカツ丼のハーフサイズです」

目の前に置かれた四角い盆に載っていたのは、メインのブリカツ丼の他、味噌汁と副菜の小鉢、さらにデザートの果物もついていた。

「これ、全部佐渡産のもので作られているんですよ。お米もそうですし、お味噌汁の具やデザートも」

敦美の説明にうなずきながら、康介の目は初めて目にする一品に注がれていた。

(これがブリカツ丼なのか……)

カツ丼ということで、ポピュラーな卵とじのものを想像していたのだ。ところがそれは、タレをつけた丸いカツが何枚か載った、所謂タレカツ丼だったのである。

昨日の新潟の出張で、昼にカツ丼を頼んだら、出てきたのがそれだった。おそらくヒレカツであろう、甘辛いタレとの相性が抜群だった。新潟では卵でとじたものより、タレカツ丼がポピュラーだと、そのとき教えてもらった。

(てことは、佐渡もそうなのか?)

同じ新潟県だから、食文化が同じでもおかしくない。

ブリカツ丼には、お子様ランチさながらに、大漁旗を模した小さな旗が刺してあった。そこには奇妙なキャラクターが描かれている。

(じゃあ、これがブリカツくん……)

敦美はゆるキャラと言ったが、あまりゆるくは見えない。何しろ、本体はほとんどデフォルメされていない魚で、その下半身がカツの衣で包まれていたのだから。

正直、いささかグロテスクである。もしろ着ぐるみがあったら、子供が怖がって近寄らないか、泣き出すレベルではないのか。

ともあれ、ブリカツ丼がどういうものかはわかった。あとは味だ。

(ブリのカツって、くどくないのかな?)

ブリは刺身であっても、脂ののったものは多く食べられない。康介は、二、三切れで充分という気にさせられる。さらにそれが油で揚げられたのだから、脂っこすぎるのではないか。

ところが、恐る恐るカツをかじってみて、予想外の味わいに驚く。

（え、これがブリ？）

まず、魚とは思えない、しっかりした歯ごたえに驚く。それから、少しも脂っこくない、上品な肉の味にも。

少し考えて、似た味わいのものを思い出す。鶏肉だ。それもササミに近い気がする。魚くささもまったくない。衣と甘辛いタレとブリが三位一体となって、ここにしかない味を作り出していた。

（まさにご当地グルメだな）

ご飯と一緒に食べると、これもまた旨い。寿司もラーメンも食べたのに、まだいけそうだ。

「美味しいですね、これ」

訊かれる前に告げると、人妻も納得顔でうなずく。

「ブリカツ丼って、どんなものか見当がつかない方が多いみたいなんです。だけど、食べた方は皆さんお気に召すようですよ」

「なるほど。そうでしょうね」

康介は味噌汁にも口をつけた。

豆腐にワカメと具はシンプルながら、出汁がよく出ていて美味しい。ワカメも新鮮なものらしくシャキシャキして、磯の香りが感じられた。

それから、副菜の小鉢は――、

「あ、それがいごねりです」

敦美が教えてくれた。

（なるほど、これが）

深い緑色の、きしめん状のものに刻みネギがかかっている。すでに醤油で味がついているようだ。

食べてみると、さっぱりしていながら味わい深い。なるほど、たしかに海藻で作ったものだとわかる。小鉢では物足りず、もっと食べたくなった。

「このいごねりも、お土産物屋で売ってるんですか？」

訊ねると、敦美が「ええ」と答える。

「スーパーでも売ってますけど、お土産のところなら、保冷剤も用意してあると思いますよ」

どうやら要冷蔵らしい。それでも、これは買いたいと思った。

ブリカツ丼もすべて平らげ、康介は大満足でその日の夕食を終えた。

3

敦美の実家である民宿は、海の近くだった。

外観は特に旅館ふうではなく、大きな民家という感じか。それでも、玄関を入ったところの間は広かったし、二階には客室として四部屋ほどあった。

ただ、他に宿泊客はいないようだ。

母親の体調がすぐれないということで、部屋の用意は敦美がした。布団を敷き、浴衣も出してくれた。

浴室は大きめの家庭風呂で、そちらを準備したのも敦美だった。彼女の父親は到着したときに顔を見せたものの、あとは部屋に入って出てこなかった。普段から民宿のほうは、妻に任せているのだろう。

とは言え、何もしないわけではないらしい。還暦過ぎながら農業をして、漁にも出ると敦美が教えてくれた。本当なら民宿でいただくはずだった食事の材料は、主人が仕込むようだ。

敦美は、風呂あがりにはお茶も淹れてくれた。仏壇のある一階の座敷で、あれこれ世間話をする。彼女は、今夜はここに泊まるとのことだった。

「朝ご飯は、わたしが用意しますね」

「お世話になります。だけど、旦那さんはいいんですか？」

気になって訊ねると、

「わたしがこっちに泊まることは、けっこうあるんです。それに、向こうは主人の両親もいるので、何の心配もいりません」

嫁いだあとも、民宿が忙しいときに手伝うことが、よくあるという。まあ、実家に泊まるのなら、夫も気に病むことはあるまい。

お茶を飲み終えると、康介は二階の部屋に入り、床に就いた。

（いいところだな、佐渡は……）

布団に入って目をつぶると、波の音が聞こえる。それは少しも耳障りではなく、深い眠りへと誘う子守歌のようであった。

康介は普段、それほど寝付きがいいほうではない。なのに、五分も経たず睡魔に引き込まれた。

いったいどれぐらい眠ったのだろう。夢など見なかったから、せいぜい数十分か一時間か。

（──あれ？）

康介が目を覚ましたのは、布団の中に違和感があったからだ。というより、自分のからだにまといつくものを感じたのである。

そして、甘いかぐわしさが鼻腔に流れ込んだことで、ぼんやりしていた意識がはっきりする。まさかと顔を横に向けるなり、

「あ──ほ、本間さんっ！」

康介は反射的に声をあげた。何と、この民宿の娘である人妻が、布団の中に忍び込んでいたのだ。

「しー」

敦美が目の前で、鼻先に人差し指を立てる。常夜灯の明かりしかなくても、眠っていたから目が闇に慣れ、悪戯（いたずら）っぽい笑顔がはっきり見えた。

「あ──」

ひとつ屋根の下に彼女の両親がいることを思い出し、口をつぐむ。だが、心臓まではおとなしくならず、ドキドキと高鳴っていた。

「あ、あの、何かご用でしょうか？」

大人の男女が同衾している状況で、それは実に間の抜けた質問だったろう。

「お客様を接待しようと思って」

冗談めかした言い方をされ、どこまで本気なのかわからなくなる。

彼女も浴衣を着ていたが、乳房の谷間が覗くほどはだけられた胸元に、下着は見当たらない。このぶんだと、下のほうもすでに脱いでいる可能性がある。

もちろん、より深い関係を結ぶために。

石鹸の香りがするのは、風呂あがりだからだろう。康介が部屋に入ったあとに入浴し、そのままここへ来たのだろうか。

「今夜は、ウチの田んぼで穫れた美味しいお米とか、父が漁で獲ってきた魚を食べていただきたかったんです。それができなかったのが申し訳なくて、これは追加のサービスです」

敦美が囁き声で言う。さらに顔が近づいたようで、温かくかぐわしい吐息がふわっと香った。

「だ、だけど、ちゃんとお寿司屋さんでご馳走になりましたから」

「あれはあれ、これはこれです。ちゃんと我が家でも接待しないと、宿泊費はいただけません」

とは言え、それは康介が払うのではなく、彼女の会社が負担するはずなのだ。しかし、そんなことは関係なく、歓待しなければ気が済まないようだ。

「でも……こういうのはまずいですよ」

道徳的なことを述べると、敦美がクスッと笑った。

「全然まずくないですよ。だって、ここらでは夜這いの風習があるんですから」

「よ、夜這い!?」

前時代的な言葉に、目が点になる。

離島ゆえ、浮き世離れした暮らしがあるのではないかと、佐渡に対して多少はロマンを感じていたのは事実である。しかし、そんな淫靡な習慣が、今でも残っているとは信じられない。

まあ、過去にそういうことがあったのは、事実かもしれない。佐渡に限らず、かつての農村や漁村ではよくあったという話を聞くから。

ただ、敦美はそれを言い訳にして、自身の行動を正当化しようとしているだけではないのか。

(ていうか、夜這いって、普通は男が女性のところへ忍び込むんだよな)

そんなことを考えたところで、いきなり唇を塞がれる。

「むふッ」

康介は鼻息をこぼし、反射的に抗った。けれど、柔らかな女体に抱きつかれ、甘い香りに包まれたことで動けなくなる。全身に官能のさざ波が広がったのだ。

あたかも、外から聞こえる波そのもののごとく。

(おれ、キスしてる……)

唇を重ねたまま、人妻に手を取られる。それが導かれた先は浴衣の中、大きくて重たげなおしりであった。

(やっぱり下着を脱いでたのか)

手に触れた丸みは、しっとりしてなめらかな肌ざわりである。ぷりぷりした弾力もたまらない。着衣のときには、こんなにいいおしりをしているとはわからなかった。

ブリカツならぬ、まさにプリケツ。いささか品のない表現ながら、ほかにこの臀部を的確に称えられる言葉が思いつかない。

康介は差し込まれた舌を受け入れながら、柔肉を揉み続けた。

「はあ」

くちづけをほどくと、敦美が大きく息をつく。トロンとした目で見つめてきた。

「……おしりが好きなんですか?」

「え?」

「さっきから、ずっとさわってるじゃないですか」

だが、もともと彼女がそこをさわらせたのである。こっちの趣味みたいに決めつけられるのは心外だ。

まあ、手を離すのが勿体なく思えるほど、感触が素晴らしいのは確かだけれど。

(ひょっとして、おしりに自信があるからさわらせたのかも)

今もちょっと誇らしげな顔を見せている。あり得る話だ。

「本間さんのおしりが素敵だから、いくらさわっても飽きないんです」

感じたままを正直に告げると、人妻が嬉しそうに頬を緩める。やはり自信があるようだ。

「ありがとうございます。だったら、好きにさわっていいですよ」

そう言って、彼女がふたりのあいだに手を入れる。どこを狙っているのかなんて、考えるまでもなかった。

「その代わり、わたしもさわらせてもらいますね」

しなやかな指が、浴衣の裾をくつろげて入り込む。

康介の浴衣の下は、ブリーフのみである。くちづけとヒップタッチで昂ぶり、ふくらんでいたシンボルが、薄物越しに捉えられた。

「ああ」

堪え切れず声をあげ、腰をわななかせる。じんわりと広がった快さが、肉器官をさらに硬化させた。

「ふふ、ビクンビクンしてる」

敦美が淫蕩な笑みをこぼす。強ばりをこすり、手指にニギニギと強弱を加えた。

「ほ、本間さん」

たまらず名前を呼ぶと、彼女がわずかに眉をひそめる。

「ねえ、名前で呼んでくださる？」

「え？」

「実家にいるのに、主人の姓で呼ばれるのは、ヘンな気分なんです」

それはただのこじつけのように思えた。

（もしかして、結婚していることを忘れたいんじゃないのかな）

今、この場での快楽を、心置きなく愉しむために。

「敦美さん……」

名前で呼ぶと、彼女が白い歯をこぼす。照れくささを隠すみたいに、再び唇を重ねてきた。

　ふたりの舌が深く絡みあう。温かな唾液を与えられ、康介はコクコクと喉を鳴らした。

（ああ、美味しい）

　残念ながら口にしていないが、佐渡の名酒もこんなふうに味わい深いのではないか。トロリとしてほの甘く、酔ってしまいそうだ。

　間もなく、ブリーフの裾から分身が掴み出される。完全勃起したそれに、柔らかな指が巻きついた。

「あん、こんなに硬い……」

　唇をはずし、ため息交じりにつぶやく人妻。脈打つものをしごいてたまらなくなったか、再びキスを求めた。

（うう、気持ちいい）

　康介は鼻息を荒ぶらせた。愉悦にまみれて豊臀を愛撫し、無意識のうちに指を尻の谷にもぐらせる。

「むぅぅ」

　敦美が尻肉をキツくすぼめ、指の動きを封じる。だが、指先はなまめかしく収縮するアヌスを捉えていた。

(敦美さんの、おしりの穴だ)

人妻のそこがどのような佇まいなのか、確かめたくなる。もちろん、さらに秘められたところも。

尻割れに挟まれた指を避難させ、康介は手を前に移動させた。そちらも肉厚な太腿の付け根、恥叢が萌えるところに忍ばせる。

「ンふぅ」

悩ましげな喘ぎを唇の隙間からこぼし、敦美が腰をよじる。淫芯は熱く蒸れ、ヌルヌルした蜜をこぼしていた。

(濡れてる……)

いつからそうなったのだろう。牡の高まりに触れて昂ぶったのか。それとも、布団の中に忍んだときから、期待で愛液を溢れさせていたのか。

とにかく、すでにその気になっているのは明らかだ。

敏感な肉芽が隠れているあたりを狙ってこすると、彼女が苦しげに小鼻や頬をふくらませる。息が続かなくなったらしく、とうとう唇を離した。

「はあ……あ、ああ、いやぁ」

切なげな声をあげ、腰回りをビクッ、ビクンと痙攣させる。成熟した女体は、かなり感じやすいようだ。

それでいて、男を悦ばせることも忘れない。反り返るものをしごき、敏感な頭部を指の腹でくるくると撫でた。

「ああ、ううう」

康介が呻くと、愛しげに目を細める。もともと男好きであるとわかる、淫蕩な眼差しをしていた。

(この感じだと、夜這いは初めてじゃなさそうだぞ)

民宿に泊まったお客に気に入った者がいたら、布団に入り込んだことがこれまでにもあったのではないか。少なくとも敦美にとっては、夜這いは習慣になっているのかもしれない。

だったら、このまま快楽に身を任せてもかまうまい。そう思ったとき、いきなり掛け布団がはね除けられた。

(え？)

敦美の仕業だった。島の人妻は息をはずませながらからだを起こし、康介の浴衣を大きくはだけたのである。

そして、邪魔っけだとばかりにブリーフを奪い取る。

彼女の浴衣も、前がだらしなく開いていた。白い肌がかなりあらわになっている。常夜灯の逆光の中で、その姿は淫らな迫力があった。

「ああ、こんなに」

さらけ出された牡の漲りに、敦美がうっとりしたふうに目を潤ませる。顔を伏せ、先汁に濡れた亀頭にむしゃぶりついた。

「おおお」

康介は背中を浮かせて呻いた。最初から強く吸いたてられ、目の奥に歓喜の火花が散ったのである。

これが欲しくてたまらなかったと、暗に訴えるかのようなフェラチオ。舌が忙しく這い回り、ちゅっぱッと何度も舌鼓が打たれた。

さらに、快さで持ちあがった急所が、しなやかな指で揉み撫でられたのだ。

(うう、気持ちよすぎる)

手足が気怠くなるほどの悦楽に、ほぼ全裸に近いからだを波打たせる。

貪欲に肉根をねぶる彼女は、うずくまって自慢の尻をくねらせている。そんなしぐさが、妙に健気に映った。激しく求められることで、彼女への愛しさが増す心地がする。

（本当に、したくてたまらないんだな）

だったら、自分もお返しをすべきではないか。

そのとき、人妻が自ら動いた。ヒップを康介のほうに差し出したかと思うと、逆向きで胸を跨ぐ。

（え？）

浴衣が顔にかかって、視界が奪われる。ほんのり甘酸っぱい女くささを嗅いだと思うなり、顔面に柔らかなものがのしかかった。彼女は大胆にも、自らシックスナインを求めてきたのである。

「むううっ」

息ができなくなり、反射的にもがく。口許に濡れた女芯をこすりつけられたのだ。

石鹸の残り香があったから、やはり入浴したあとだとわかる。けれど、粘っこい蜜がまぶされたそこは、蒸れた秘臭も放っていた。

（こんなになって……）

情愛に駆られ、恥割れを吸う。舌を出し、合わせ目の狭間(はざま)へと差し入れた。

「むふぅ」

敦美が鼻息をこぼし、それが陰嚢の縮れ毛をそよがせる。女芯がすぼまり、たわわな尻肉がぷりぷりとはずんだ。

プリケツとの密着感も劣情を煽り、康介は双丘を揉みながら蜜苑をねぶった。

（ああ、敦美さんのおしり……オマンコ――）

胸の内で、卑猥な言葉をつぶやく。夜這い妻の影響で、すっかり淫らな心持ちになったようだ。

互いの性器を貪欲に味わうことで、全身が熱くなる。女体は早くも汗ばみ、内腿が甘ったるい匂いを振り撒いた。

あるいは、このまま一度射精させるつもりなのか。蕩ける快感に急上昇しそうになったとき、ペニスが解放された。

「はあ――」

大きく息をついた敦美が、豊臀を重たげに浮かせる。康介を跨いだまま、下半身へと移動した。

視界が開ける。頭をもたげた康介は、こちらに背中を向けた彼女が浴衣を肩からはずすのを目撃した。

帯もとかれ、白い裸身があらわになる。すらりとした背中のラインが、腰のところで大きなカーブを描いていた。

その先にあるのは、もっちりと重たげなおしりだ。

（ああ、素敵だ）

熟れたナマ尻を目にして、胸に感動が広がる。大きいばかりでなく、横にも後ろにも張り出した綺麗な丸みは、芸術作品のようでもあった。

それがゆっくりと持ち上がり、猛るものの真上へと動く。逆手で握られた肉槍の穂先が、濡れた恥芯にめり込んだ。

「これ、ちょうだい」

声を震わせてねだった敦美が、からだをすっと下げる。たっぷりと濡れていた蜜穴は、はち切れんばかりの牡を難なく迎え入れた。

「うおお」

「はあぁ」

男と女の声が交錯する。媚肉に包まれたペニスが悦びにもまみれ、狭い中ではしゃぐように小躍りした。

（ああ、入った）

肉体が結ばれたことで、心が通い合ったと感じる。彼女の中がキュッキュッとすぼまり、切なさを訴えていたのだ。

「ああ、いっぱい……」

やるせなさげな声が聞こえ、ヒップが左右にくねる。内部がいっそう締まり、康介はたまらず「うう」と呻いた。

「あ、敦美さん、すごく気持ちいいです」

告げると、彼女が横顔を見せる。薄明かりでも、頬が紅潮しているのがわかった。

「も、もっとよくなって」

たわわな尻が上下にはずみ出す。咥え込んだ牡棒を、濡れ柔らかな狭穴がこすりたてた。

「あ、あ、ああっ」

堪えようもなく喘ぐと、人妻が振り返る。

「だ、ダメよ。あんまり大きな声を出さないで」

叱られて、康介は口をつぐんだ。同じ家にいる両親が気になるのだろう。

腰の振り方も、そう言えば遠慮がちだ。振動が階下に伝わらないよう、注意しているようである。

そのため、いささかもどかしい。

敦美が上半身を前に倒す。逆ハート型のヒップが、切れ込みを大きく開いた。その狭間に、濡れた肉棒が見える。

（うう、いやらしい）

ふたりが繋がっていることが実感され、康介はますます昂ぶった。

それゆえに、おとなしい腰づかいが焦れったくもある。女芯を激しく突きまくりたいという熱望が、胸にこみ上げた。

「あ、あ、あ、うう」

彼女も声を圧し殺し、募る快感を抑え込んでいる様子である。そんな姿もいじらしく、どうにかしてあげたくなった。

（正常位のほうがいいかもな）

この体位は、女性の負担が大きい。少なくとも組み伏せられたほうが、悦びに身を任せやすいのではないか。

「敦美さん」

声をかけると、白い肩がビクッと震える。振り返ることなく、「な、なに？」と訊ねた。

「今度は、敦美さんが下になってください」

その言葉で、何を求められているのか悟ったようだ。ところが、なぜだか彼女は躊（ちゅう）

躇した。

「え、でも……」

モジモジと身をくねらせる。埒が明かないと、康介は身を起こした。

「さあ、横になって」

柔らかなボディを後ろから抱き締め、結合を解いて布団に押し倒す。敦美は渋々というふうに従った。

仰向けになった女体に、改めて挿入しようとすると、彼女は両手で顔を覆った。

「え、どうしたんですか?」

「だって……恥ずかしいです」

どうやら、悦びに喘ぐ顔を晒したくないらしい。

(じゃあ、さっき背中を向けて跨がったのも、顔を見られたくなかったからなのか)

男の部屋に夜這いをかけるなど、大胆な人妻だと思っていたのである。意外なところで恥じらいを示され、戸惑いつつも愛しさがこみ上げた。

(可愛いひとだな)

当然、このまま行為を進めるなんてできない。

「顔を見せてください」

手をどけると、泣きそうに潤んだ瞳が現れる。さっきまでの積極的な振る舞いが嘘のように、やけに心細そうだ。

ペニスを膣口にあてがったまま、康介は唇を重ねた。

「ンふ……」

敦美は小鼻をふくらませ、情熱的に吸ってきた。懸命に羞恥を振り払おうとしているふうでもある。

（敦美さん、行くよ——）

舌を戯れさせながら、康介は彼女の中に押し入った。

「むふぅ」

彼女が下から抱きつき、いっそう深く舌を絡みつかせる。はしたない声を洩らさないようにしたのだろう。

くちづけを続けたまま、康介は抽送した。熱い蜜をたっぷりと溜めた柔穴を、リズミカルな腰づかいで抉る。あまり激しくならないよう、注意しながら。

「む、む、む、むふぅ」

重なった唇の隙間から、人妻が切なげな吐息を吹きこぼした。

恥じらいながらも、快感には抗えないらしい。彼女は両脚を掲げると、康介の腰に絡みつけた。決して離すまいとするかのように。

もちろん、離れる気など毛頭ない。

唇と舌を交わし、性器でも交わる。上も下も深く結ばれることで、悦びが何倍にもふくれあがるようであった。

(ああ、気持ちいい)

島の民宿での、蕩けるようなセックス。またも人妻と、こんなふうに悦楽を共有できるなんて。

(――ま、こういうのもいいかもな)

前に進むと決めたのであるが、焦る必要はない。これからも多くの出会いがあるだろう。その中で一夜の関係に戯れるのも、決して悪くない話だ。

何より、人妻の成熟したからだは、こんなにも快いのだから。身も心も溶け合って、癒やされるほどに。

出張先で美味しいものを食べ、女体もいただく。先人が人生もまた旅であると評したように、康介も旅の中で、生きる醍醐味を味わっていた。

敦美の唇を塞ぎ、一心に女膣を抉る。やはり正常位は正解だった。こうして声を塞ぐことができる。より深い一体感もあった。

それゆえ、快感も大きい。腰の裏が気怠くなり、爆発の予兆を捉える。

「——あ、敦美さん、いきそうです」

くちづけをほどき、早口で告げると、彼女が何度もうなずいた。

「い、いいわ。中に出して」

再び唇を重ね、熱烈に吸い合う。くねる牝腰の中心に、康介は熱い剛棒を杭打った。

「むう、うう、むふふふぅ」

切なげな喘ぎに混じって、波音がかすかに聞こえる。康介はそれと同じリズムで敦美を責め苛(さいな)んだ。

「——ぷはっ、あ、い、イク」

呻くように告げ、彼女がからだをワナワナと震わせる。

「お、おれも」

康介もオルガスムスに巻かれ、人妻の膣奥に、熱い樹液を勢いよくほとばしらせた。


（了）

＊本作品はフィクションです。作品内に登場する人名、地名、団体名等は実在のものとは関係ありません。

長編小説

人妻つまみ食い

橘　真児

2017年8月7日　初版第一刷発行

ブックデザイン……………………… 橋元浩明(sowhat.Inc.)

発行人………………………………………………… 後藤明信
発行所……………………………………… 株式会社竹書房
〒102-0072　東京都千代田区飯田橋２－７－３
電話　03-3264-1576（代表）
03-3234-6301（編集）
http://www.takeshobo.co.jp
印刷・製本………………………………… 凸版印刷株式会社

ISBN978-4-8019-1159-8　C0193